무엇을 하기에 가장 좋은 시간은
바로 지금입니다.

2018, 겨울
박근호

우리가
행복해질 시간은
지금이야

일러두기_

각 산문별로 함께 들으면 좋을 음악을 선별해 실었습니다.

우리가
행복해질 시간은
지금이다

박근호 지음

위즈덤하우스

목 차

1
장

\

나
에
게

\

지금은 오전 6시 25분입니다. 오래 붙잡고 있던 편지가 바깥세
상으로 나가는 날입니다. 분명 한밤중에 시작했는데 어느새 날
이 밝았습니다. 낮달이 떠 있을지도 모르겠네요. 어릴 때부터
편지를 좋아했습니다. 가장 처음에는 엄마한테 썼습니다. 분명
몇 해 전까지만 해도 앨범 어딘가에 있었는데 아무리 찾아봐도
보이질 않네요. 잃어버린 편지를 찾기 위해 앨범을 뒤지다 발
견하는 겁니다. 사이사이마다 무지개 같은 종이 위에 쓰인 편
지들을요.

'근호를 봐오면서 선생님은 혼자서 웃음 지은 적이 많단다.
마음이 여리고 아기 같던 근호가 이제는 씩씩하게 자라서 초등
학생이 되는구나. 근호는 자전거 타는 것을 좋아하지? 그런데
요즘은 비가 많이 내려서 우리 근호가 좋아하는 자전거를 못
타겠구나. 비가 많이많이 내리고 나면 햇빛이 반짝 나서 즐겁

게 놀 수 있을 거야'라는 이야기가 담긴 편지들이요. 언제 받았
는지 기억도 나지 않지만, 그냥 자꾸 읽고 싶어지는 그런 것들
말입니다.

어느 서랍엔 제가 보내지 못한 편지가 수북하게 쌓여 있습
니다. 어떤 날은 쓸 이야기도 없으면서 한 움큼 썼지요. 일기처
럼 보일지도 모르겠습니다만 저는 편지라고 생각하고 싶어요.
나를 위해 쓰는 게 일기라면 편지는 그래도 받는 사람이 있지
않습니까. 누군가를 생각하면서 쓰니까요. 같이 들으면 좋을
노래도 동봉했습니다. 사는 게 너무 버거울 때, 우리가 같은 노
래를 듣고 같은 편지를 읽고 있다고 생각하면 조금 덜 외롭지
않을까 해서요. 나와 같이 보통 사람으로 보통 하루를 살아가
는 우리에게 보냅니다. 말로 다 할 수는 없어도 편지로 전하고
싶은 이야기가 여럿입니다.

1
장

나
에
게

어른이 되면

어릴 때는 어른 흉내를 많이 내면서 살았다. 내가 가진 약점을 들키고 싶지 않아 했고, 어른인 척하면서 살아야 했던 순간이 습관처럼 굳어져 있기도 했다. 어른이 되고 싶었다. 이른 아침에 누군가 문을 두드린다면 누구냐고 굵은 목소리로 소리치고 싶었다. 내 것을 누가 앗아가려고 할 때 그 사람보다 더 강한 힘으로 꼭 껴안고 싶었다.

이제는 결혼을 해도 어색하지 않은 나이가 됐다. 아이가 있다고 말해도 아무도 이상하게 보지 않을 것이다. 나를 규정하는 숫자는 이렇게 늘어났는데 여전히 철이 없는 것 같다. 이제 어른이 된 것 같으냐고 누군가 내게 묻는다면 쉽게 답을 할 수가 없다. 그것이 무엇인지도 모르겠고 어떻게 될 수 있는 건지도 모르겠다.

다만 한 가지 확실한 건 시간이 흐르면서 이해되지 않는 것들이 이해되기 시작했다는 거다. 밖에서 밥을 처음으로 사 먹은 날이 언제인지는 기억나지 않는다. 몹시 망설이다 들어갔다는 것만 기억난다. 분명 밥을 먹고 싶었으면서 간단하게 때울 수 있는 곳으로 갔다는 것도 기억난다. 처음 영화를 보러 가던 날은 비가 많이 내렸다. 혼자 영화를 보는 사람은 뭔가 쓸쓸해 보인다는 생각에 한껏 차려입고 갔던 날. 그날 이후로 혼자 영화를 보러 가던 사람들이 이해되기 시작했다.

며칠 전에는 익숙한 저녁을 먹고 있었다. 종일 일하느라 그 시간이 첫 끼였다. 허겁지겁 먹는데, 분명 내가 좋아하는 음식인데 하나도 맛있지가 않았다. 혼자 먹는 밥은 맛이 없다는 아버지의 말씀이 이해되던 날이었다. 맞은편에 앉은 어떤 사람은 혼자 술을 따라 마시고 있었는데 그 모습도 이해가 됐다. 약속이 없었다면 나도 몸서리치게 그러고 싶었던 날이었으니까.

매일 고민해도 어른이 무엇인지 모르겠지만 어쩌면 어른은 많은 것을 참으며 사는 사람일지도 모른다. 누군가와 함께하고 싶지만 혼자 밥을 먹어야 하는 순간. 학교라면 아프다는 핑계로 하루쯤 쉬어가고 싶은 날에도 아침 일찍 사람들 사이에 껴서 직장으로 향해야 하는 하루. 봄처럼 간직했던 꿈을 포기하고 현실을 받아들여야 하는 것. 옮기고 옮겨도 사라지지 않는 짐을 짊어지고 살면서 소리내서 울 수도 없는 날들. 우리는 이렇게 어른이 되면서 서글픈 날이 많아진다.

오늘만은 내 편이 있었으면 좋겠습니다

damien rice

/ 9 crimes /

모두가 서로를 마주 보고 있는 곳에서 혼자 등을 지고 앉아 있습니다. 모든 것이 두 개인 곳에 저만 혼자입니다. 오늘은 금요일. 모두가 기분 좋은 날이죠. 일하는 사람도 일하지 않는 사람도, 금요일이라는 사실만으로 발걸음이 조금 가벼워집니다. 그런 날이에요.

예전에 지하철역에서 한 사람을 기다린 적이 있어요. 날이 참 좋았죠. 조금 늦는 그 사람을 기다리느라 많은 사람들의 표정을 구경했는데 신기하더라고요. 함께한 지 얼마 안 된 사람과 많은 것을 나눈 사이는 표정부터 달랐거든요. 누군가를 기다리는 사람과 오래 혼자였던 사람의 표정도 달랐어요.

기다리고 있는 사람이 있는 제 표정도 특별했을까요. 저도 타인의 눈에는 아름다워 보였을까요. 나는 왜 이토록 내가 가진 것을 보지 못하고 사는지 모르겠습니다. 나에게도 행복이 있는데 다른 이가 부러워 보이는 이 못된 심보는 어디서 나온 걸까요. 그날 제가 서 있던 도시의 건물이 너무 높았고, 만져지던 벽들이 다 회색이었다고 탓을 하고 싶어도 할 수가 없습니다. 사람 냄새나는 사람으로 살고 싶었는데 점점 괴물이 되어가는 것 같아요. 내가 나를 가뒀으면서 그 안에서 외롭다고 소리치는 그런 사람이요.

오늘은, 오늘만은 좀 내 편이 있었으면 좋겠습니다. 이기적일지라도 무조건 내 편을 들어주는 한 사람이 있었으면 좋겠어요. 그 사람 앞에서 아이가 되어보고 싶고요, 이름 모르는 술을 잔뜩 시켜보고 싶어요. 당신도 이런 적이 있냐고 묻고 싶고 취한 상태로 빤히 눈을 바라보고 싶어요. 오늘은 금요일이잖아요. 모두가 함께하는 시간. 내가 무엇을 놓치고 살아가고 있기에 이토록 자주 공허할까요. 더 많은 사람을 만나야 하는 것 같진 않은데. 더 강한 자극을 받아야 하는 것도 아닌 것 같은데. 그냥 무조건 내 편을 들어주는 사람이 하나 있었으면 하는데.

우리 사랑이었을까

우리가 처음 만난 건 모퉁이에 있는 기차역이었
다. 여행자들을 대신해서 몇 가지 예약을 도와
주고 길을 알려주는 게 나의 일이었다. 바람이
좋은 날에는 저쪽이 걷기 좋다는 말을 하거나,
특별한 날이면 음식을 해주는 게 전부였다. 너
는 여행자였다. 일자리가 있었지만, 나의 나라
는 아니었기에 나 역시 여행자였다. 너는 자주
일곱 시 기차를 타고 어딘가로 떠났다. 처음 한
참 먼저 도착했을 땐 초행길이라 그런 줄 알았
다. 아니, 그냥 먼저 오는 게 편한 사람이었다.

너에게도 파란 스카프를 좋아하는 프랑스 사람에게도 몇 번 길을 알려주었다. 낯선 이의 예약을 도와주고 받은 적당한 보수 덕분에 생활을 유지할 수 있었다. 우리가 같은 곳에서 몇 번을 만나게 됐을 때, 그게 하루였는지 삼 일이었는지 모르겠지만 그때부터 시작됐다. 자꾸 당신이 신경 쓰였다. 하얗고 하얀 당신은 무슨 까닭으로 한참 먼저 길을 나서는 것일까. 다음 날 나는 말끔하게 면도를 하고 주름 없는 옷을 뒤적거리기 시작했다. 그날 아침에는 당신 입술 색도 방금 칠한 것처럼 붉은 색이었다.

꿈과 현실은 시작점이 다르다. 현실은 눈을 뜬 순간부터 하루가 시작된다. 아침과 점심, 그리고 밤이 있지만 꿈은 그렇지 않다. 어떻게 시작됐는지도 모르게 갑자기 어떤 상태에 놓여 있게 된다. 우린 사무적인 말을 주고받고 가끔 마음과 마음이 입을 맞췄을 뿐인데 꿈처럼 당신이 내게 저녁을 차려주고 있었다. 요리를 잘 못한다고 했던 것 같은데 내가 한 것보다 맛이 좋았다. 술잔을 부딪칠 땐 항상 눈을 마주쳐야 한다는 어느 나라의 미신을 알려주기도 했다. 선선할 때면 옥상에서 와인을 마시고 빛이 강하게 드는 날은 어느 시장을 걸었다. 그렇게 우리는 서로를 걱정하기 시작했다. 아픈 곳이 없냐고 물었고 끼니를 걱정했다. 그래도 끝까지 나는 네가 어디서 왔는지 묻지 않왔고 너는 내가 어디로 가는지 묻지 않았다.

　몇 번의 기차가 지나갔을까. 다시 눈을 떴을 때 나는 짐을 싸고 있었다. 이곳에서의 시간이 다 되어서였다. 당신도 더는 탈 기차가 없는 것처럼 보였다. 우리는 그렇게 꿈처럼 만났고 꿈처럼 가방을 꾸리고 있었다. 당신은 내가 좋은 사람이라고 했다. 나 역시 당신 같은 사람을 만나본 적이 그리 많지 않다고 말했다. 나도 내가 어디로 가는지 모른다. 어딘가로 갈 거라는 사실만 알고 있을 뿐이다. 언젠가 건네주려고 산 엽서를 가방에 집어넣으며 우린 서로를 잘 몰랐다는 생각이 들었다. 몇 가지 사실만 알고 있을 뿐 우린 서로를 잘 몰랐다. 우리가 더 많은 대화를 나눴다면 이야기가 달라졌을까. 이곳이 여행지가 아니었다면 달랐을까. 가방을 메며 모든 것이 궁금해졌다. 우리 사랑이었을까.

인연이라는 것

낯선 단어를 좋아한다. 뜻을 알고 있지만 잘 사용하지 않는 단어나 아예 뜻을 처음 알게 되는 말을 좋아한다. 잊고 있던 기억이 새롭게 나기도 하고 글 쓸 때 좀 더 멋있게 표현할 수 있다. 영어 단어를 열 개 알고 있는 사람과 오십 개를 알고 있는 사람이 할 수 있는 말은 엄연히 다르다. 이 원리는 외국어뿐만 아니라 우리말에도 적용된다. 좋은 글을 쓰고 싶어서 가끔 낯선 단어를 찾아 나선다.

작년에 찾았던 가장 아름다운 말은 이울다,

라는 동사였다. 꽃이나 잎이 시든다는 뜻이다. 사랑을 조금이나마 알게 된 뒤로 꽃이 좋아졌다. 기분이 몹시 안 좋은 날이면 줄 사람이 없어도 꽃을 산다. 잘 말려두는 날도 많지만 어쩔 수 없이 버리는 경우가 있다. 그럴 때면 꽃이 시들었다는 말을 했는데 말하면서도 말하고 싶지 않았다. 시들어도, 잎이 살아 있어도, 존재 자체만으로 아름다운 게 꽃인데 시간이 지났다는 이유로 볼품없어지는 것 같았다. 반면에 '이울다'라는 말은 음가가 없는 이응이 먼저 나와서 그런지 부드럽게 느껴졌다.

올해 우연히 술자리에서 듣게 된 말이 있는데 오래 마음에 남았다. 시절 인연이라는 말이다. 그냥 인연도 아니라 시절 인연이라. 어떤 말일까 싶어서 알아봤더니 인연에도 때가 있다는 것이다. 꽃이 피는 시절, 함께했던 시절, 학창 시절처럼 어떤 인연이 때가 되어 합쳐지는 것을 시절 인연이라고 한단다. 모든 인연에는 오고 가는 시기가 있단다. 굳이 애쓰지 않아도 만나게 될 인연은 만나게 되어 있고 애를 써도 스쳐 지나갈 사이는 스쳐 지나간다는 것이다. 사람에게만 꼭 해당하는 것은 아니다. 어떤 물건과의 만남, 어떤 깨달음 또한 때가 있다는 뜻으로 사용된다.

사실 인연이라는 말을 좋아하지 않는다. 모든 것의 가장 완벽한 핑계가 되니까. 영원 같던 사랑이 예고도 없이 증발했을

20

때, 우린 인연이 아니었다는 말 한마디면 모든 퍼즐이 맞춰진다. 나비처럼 잡히지 않던 꿈에 등을 돌리고 정반대로 달려가던 날, 그 일은 나와 인연이 아닌 것 같다는 한마디에 모두가 고개를 끄덕인다. 이제는 다른 생각을 한다. 우리는 인연이었다는 말을 안주로 삼을 수도 있고, 인연이라는 이유로 어느 새벽에 같이 걸을 수도 있다. 그때 그 만남이 인연이 되어 이렇게 오래 함께한다는 말을 건넬 수도 있다.

확실한 건 연이 아니라면 설명할 수 없는 일들이 있다는 것이다. 이렇게 넓은 지구에서 같은 나라에 태어나 가깝게 지내는 사람들. 별일 아닌 일로 잠시 스쳤던 날과는 다르게 오래 함께한 시간들. 인연처럼 다가왔다가 흔적만 남기고 사라진 것들. 이것들은 어떤 공식으로도 해결하지 못하는 일이다. 만약 모든 것에 인연이 있어서 내가 원하지 않아도 때가 되어 시절인연으로 나타난다면 조금 편하게 생각하는 것도 좋겠다.

당신과 내가 생에 두 번 다시없을 사랑이었다는 것도, 어쩌면 모두가 겪는 흔한 일일 뿐이라는 것도 시간이 지나면 알게 될 것이다. 떠나는 사람은 아무리 잡으려 해도 떠날 것이고 성큼 오는 사람은 아무리 막고 싶어도 막지 못할 것이다. 읽다가 멈춘 책 뒷장에 그토록 찾던 어떤 깨달음이 담겨 있을지도 모른다. 어쩌면 그 한 장을 십 년이 지나서 넘길 수도 있지만, 그

것 역시 그때가 때인 것이다. 굳이 애를 쓰지 않아도 만나게 될 인연은 만나게 되어 있다면 힘을 조금 빼기로 한다. 우리는 너무 많은 것에 힘을 주고 살고 있으니까.

슬픔이 왔으니 행복이 올 거예요

소중한 걸 잃어버린 듯한 표정이네요. 무슨 일
있어요? 하는 일이 잘 안돼요? 무엇을 위해 살
아야 하는지 또 무엇을 해야 하는지 잘 모르겠
나요? 삶이 그렇더라고요. 잘 지낼 만하면 꼭 무
슨 일이 생겨요. 나를 위한 시간은 하나도 없었
는데 하루가 끝날 때도 많아요. 진종일 바람이
부는데 도대체 어디서 부는지도 모르겠고, 처음
겪는 일이 많아서 돛을 어디로 움직여야 하는지
헷갈릴 때도 많아요.

　그럴 땐 어느 섬을 떠올립니다. 바람 하나 불

지 않고 파도도 치지 않는 심 말이에요. 며칠은 즐거울 겁니다. 우린 늘 고요함을 찾아다녔으니까요. 근데 아무 일도 일어나지 않는 게 매일 그렇다면 과연 행복할까요. 아무런 파도도 치지 않는다면 잠시만 보여주고 싶은 마음은 어느 해변에 적을까요. 어떤 바람도 불지 않는다면 종이비행기를 어떻게 날릴 수 있을까요. 가끔은 모닥불까지 물이 덮칠 거고 가끔은 아무것도 못 날릴 만큼 사정없이 퍼부을 거예요. 오늘 하루도 마음대로 흘러가지 않는데 사는 게 마음대로 흘러갈 리는 없잖아요.

알아요. 넉넉하진 않아도 부족함 없이 살고 싶었다는 거. 매일 웃진 않아도 좋은 날이 좀 있었으면 했다는 거. 근데 그게 되지 않아서 자주 서성였죠. 자주 발걸음이 느려지고, 삶의 이유가 있는 사람들 사이에서 이방인 같았죠. 알아요. 아무도 몰라주는 것 같지만 여기 나 한 사람은 알아요.

우린 자주 흔들릴 거고 한순간에 깨질 겁니다. 누군가를 탓하고 싶기도 할 거고, 모든 신발을 가방에 넣고 도망가고 싶을 수도 있어요. 누구에게나 그런 일은 일어납니다. 근데 어떻게 받아들이느냐에 따라 많은 게 달라질 수 있어요. 어쩔 수 없는 일이라고 받아들였으면 좋겠어요. 일어날 수도 있는 일이라고 생각하는 것과 절대 일어나선 안 되는 일이라고 생각하는 건 아주 다르거든요. 아무 일도 일어나지 않으면 힘들진 않을 거예요. 대신 행복하지도 않아요. 그럴 땐 그냥 받아들여보세요. 힘든 일도 내 삶의 일부구나. 슬픔이 왔으니 곧 행복이 오겠구나.

나는 당신이라는 말이 참 좋다.

너무 미운 사람을 조금 덜 밉게 말할 수 있으며

애틋한 사람을 표현하기에도 그만큼 좋은 게 없다.

어느 먼 나라말로 당신을 풀어보면

선택한 사람이라는 뜻이란다.

이 또한 얼마나 이불 같은 말인가.

내가 선택한 사람에게

오늘은 날이 좀 춥지 않았냐며 전화를 걸고 싶다.

잠 못 드는 밤

콜드플레이라는 밴드를 정말 좋아한다. 그들의
음악을 들으면서 작사를 공부하던 시절이 있었
다. 가사에 은유를 잘 사용해서 은유를 터득하
기에도 좋았다. 모든 곡이 다 예술이지만 가장
좋아하는 건 「Scientist(과학자)」라는 노래다. 도
대체 노래 제목이 왜 과학자일까. 어떤 뜻이 있
을까 싶어 가사가 해석된 것을 여러 번 읽으면
서 안되는 영어 실력까지 총동원했다.

　노래 중간에 보면 '나는 당신이 품은 수수께
끼를 숫자와 도형으로 추측하려 했다. 어떤 과

학적인 발전도 내 그리움만큼 강하지 않다'는 가사가 나온다. 당신이 원하는 건 그저 옆에 있어주는 거였는데 과학자처럼 원인이나 찾으려고 했고 당신을 그리워하는 마음은 과학자가 새로운 사실을 알아내는 것보다 더 크다는 것을 비유한 게 아닐까 싶었다. 콜드플레이한테 직접 물어본 건 아니니 틀릴 수도 있다.

한때는 위로가 굉장한 거라고 생각했다. 누군가 힘든 이야기를 하면 같이 그 원인을 찾으려고 했다. 나쁜 의도는 아니었다. 조금이라도 빨리 그 고통에서 벗어났으면 하는 마음이었다. 때때로 같이 원인을 찾고 해결책을 제시해주는 것도 좋지만 사실 위로는 같이 있어주는 것만으로 충분하다.

대부분의 사람들은 자신이 겪는 문제의 해답을 알고 있다. 그렇기 때문에 아무리 이런저런 조언을 해줘도 자신이 원하는 대로 하는 것이다. 그냥 옆에 있어주면 된다. 고개를 끄덕여주면 된다. 세상에 나 홀로 남겨진 기분이 들 때, 내 이야기를 들어주는 사람이 앞에 있다는 사실만으로 살아갈 힘이 난다. 한 유명한 배우가 sns에 자기 사진을 올렸다. 아주 늦은 시간이었지만 순식간에 엄청난 댓글이 달렸는데 그중 가장 인상 깊었던 댓글은 이랬다.

"늦은 시간에 나처럼 안 자는 사람이 이렇게나 많다니 위로가 된다."

그런 적 있을 것이다. 가까운 사람들에게는 아무런 티가 나지 않았을 텐데 혼자 잠 못 들었던 적. 가장 편안해야 할 곳이 답답해서 차라리 길거리가 더 나을 것 같다고 생각했던 적. 사실, 그런 생각을 무척 자주 했다. 심술궂은 사람처럼 욕심 가득한 삶을 원한 게 아니라 단순하고 평범한 걸 원했는데 그게 되지 않았으니까.

그런 날이면 집 앞을 서성이다가 가만히 앉아서 부는 바람을 맞는다. 그리고는 아주 작게 몹쓸 말들을 내뱉는다. 누군가 그 이야기를 듣고 나를 구해줬으면 해서. 그러다 살아야 할 이유를 주섬주섬 챙기고 또 살아간다. 내일도 괜찮지 않을 테지만 언젠가는 괜찮아지겠지. 시간이 훌쩍 지나면 나도 조금 무디게 대처할 수 있겠지 하면서 말이다. 사는 거 참 그렇다. 혹시 당신도 잠들지 못하고 있을까. 나도 그런데.

슬픔을 이기는 법

나는 자주 어떤 기억에 사로잡힌다. 쌓아둔 것
이 많아서 그럴 수도, 그냥 넘겼던 일이 많아서
그럴 수도 있다. 밥을 먹다가 갑자기 내 신세가
처량해서 운 적이 있다. 운전하다가 문득 당신
이 나 아닌 다른 사람 앞에서 웃었을 생각에 사
무치게 미웠던 적도 있다. 순간순간 떠오르는
감정이라면 다스릴 수 있겠으나 두꺼운 감정은
그렇지 않다. 어제 연인과 헤어졌는데 오늘 아
무렇지 않게 지낼 수는 없지 않겠는가. 그럴 때
는 괜찮다며 쉽게 감정을 넘길 수 없다. 아마 세

상이 무너지는 듯한 기분이 들 것이다.

비단 연인뿐만 아니라 원하던 일이 잘 안되었을 때도 계속해서 집안에 무슨 일이 생길 때도 그렇다. 사람은 자기가 감당할 수 없는 일이 생기면 표정에서부터 티가 난다. 만약 그런 일이 일어나서 정말 가슴이 터져버릴 것처럼 답답할 때면 밤에 달리기를 한다.

흔히들 무기력, 우울함, 답답함 같은 감정 들은 에너지가 없다고 착각한다. 그래서 우리가 아무것도 못하게끔 만든다고 생각하지만 아니다. 오히려 에너지가 너무 강해서 우리를 잡아먹는다. 아주 강한 자석으로 끌어당기는 것처럼 침대에 누워 있게 만들고, 입꼬리와 눈가를 끌어당긴다. 밥을 먹고 싶은 생각도 안 들고 누군가를 만나고 싶은 생각도 안 들게 할 만큼 거대하다.

모든 계절이 달리기에 좋지만 겨울은 특히 좋은 계절이다. 눈만 오지 않는다면, 밖에 나가서 찬 공기를 한 줌 마시면 정신이 번쩍 든다. 조금 뛰다 보면 내가 이걸 왜 하고 있나 싶을 것이다. 엔진으로 움직이는 많은 것들이 예열을 필요로 하듯 마음으로 살아가는 우리도 똑같다. 어느 정도 열이 달아오르면 그때부턴 그냥 뛰게 된다. 좋은 노래를 들으면서 그냥 뛰게 된다. 같은 곳을 계속 돌아도 좋고 어디 먼 곳을 정해놓고 돌아와도 좋다. 그렇게 달리다 보면 숨이 차는 만큼 생각이 없어진다.

내가 감당할 수 없는 일이 주어졌을 때, 글을 쓰는 것만으로는 버틸 수 없어서 두 달 동안 매일 저녁 달리기를 한 적이 있다. 그리고 집으로 돌아와 땀에 젖은 옷을 마치 상처가 묻었다는 듯 던져버리고 미지근한 물로 몸을 적신다. 그날 밤만은 내일 조금 더 열심히 살고 싶다는 생각이 든다. 그렇게 하루를 살아내면 된다. 겨우 부여잡고 살 만큼 슬픈 일이 일어난다면 여전히 달리기를 한다. 어쩌면 미치도록 괴로운 이유는 우리가 한쪽만 바라보며 숨을 쉬고 있기 때문인지도 모른다.

죽고 싶던 오전 열 시에 행복에 대해 생각했다

작은 회사를 하나 차렸다. 원고를 준비하면서
참 많은 걸 하고 있다. 거창하진 않지만, 회사를
차린 이유와 목적은 그렇다. 예술은 우리 영혼
을 풍족하게 만들어준다는 사실을 알리기 위해
서다. 아주 맛있는 음식을 혼자 먹고 나면 나중
에 누군가와 함께 오고 싶어진다. 같이 오고 싶
은 사람은 사랑하는 사람들일 것이다. 비슷하
다. 나는 내 글을 읽어주는 사람과 어딘가에서
상처받아 잠 못 드는 사람을 사랑한다. 좋아하
기 때문에 함께 가보고 싶다. 허기졌던 시간이

길었던 만큼 그 배고픔을 잘 알고 있다.

우리는 감기에 걸리면 병원에 가거나 약을 사 먹는다. 배가 고프면 음식을 먹는다. 그럼 마음이 아프면 어떡할까? 영혼이 굶겼다면? 마음을 치유하기 위해 병원에 가는 사람은 그리 많지 않다. 나라에서는 우울증 등으로 상담을 받으면 진료비를 낮춰주고 있다. 그렇게 해서라도 그 문턱을 낮추고 싶은 것이다.

마음과 영혼이 멍들지 않게 자주 보듬어줘야 하는데 그럴 수 있는 가장 큰 담요가 예술이라고 생각한다. 헤어진 옛 애인이 보고 싶어 죽겠을 때 정준일의 「안아줘」를 들으며 운다든가. 어딘가로 떠나고 싶어 죽겠는데 현실의 늪에 빠져 있을 때, 이병률 시인의 여행 산문집을 읽는다든가. 아주 아름다운 장면을 그냥 넘기기 싫을 땐 삐뚤빼뚤이라도 그린다든가. 예술보다 더 영혼에 밀접하게 관여하는 건 없다고 생각한다.

아주 해가 쨍쨍하던 날, 내 손에 가진 게 많음에도 죽고 싶던 오전 열 시에 행복에 대해서 알고 싶어졌다. 그렇게 한 강연을 듣게 됐다. 행복에 대한 연구 결과를 바탕으로 하는 인문학 강연인데 이런 내용이 나왔다. 우리는 행복한 삶을 살기 위해서 지나치게 마음에만 집중하고 있다고, 몸과 마음은 연결되어 있어서 행복해지고 싶다면 마음을 돌보는 것뿐만 아니라 몸도 돌봐야 한단다.

음악을 듣고, 책을 읽고, 그림을 그리고, 춤을 추고, 운동을 하는 모든 행위는 마음과 몸을 같이 사용한다. 문장을 읽어서 오는 치유도 상당하지만 어쩌면 책을 사기 위해 서점을 한 바퀴 돌면서 보고 맡고 느끼는 모든 것들이 더 큰 행복을 가져다주는지도 모른다. 예술을 느끼기 위해 몸을 쓰고 예술을 통해 마음까지 치유된다면 이것보다 더 좋은 게 있을까. 우리에게는 어떤 일이든 계속 일어난다. 늦잠을 자고 좋은 사람과 저녁을 먹는 것처럼 자주 마음을 달래줬으면 한다.

아무리 길게 써도 커트 보네커트의 책에서 읽은 구절이 내 생각을 표현하기 가장 좋은 것 같다.

"잘하든 못하든 예술을 하면 영혼이 성장합니다. 부탁합니다. 샤워하면서 노래를 부르세요. 라디오 음악에 맞춰 춤을 추세요. 이야기를 나누세요."*

---

* 커트 보네거트, 『그래, 이 맛에 사는 거지』, 문학동네, 2017

무엇이 나를 이토록

좋은 대학교, 두툼한 통장, 편한 친구, 절대적인 사랑을 주는 가족, 달짝지근한 바람. 내가 살기 위해서는 무엇이 필요했을까. 무엇이 나를 더 나은 사람으로 만들었을까. 넘어졌기 때문에 일어서는 방법을 배우게 된 것일까, 사랑하는 사람과 같이 걷고 싶어서 달리는 법을 배우게 됐을까.

살다 보면 마치 원래 만나야 했던 사이처럼 사랑을 시작하는 경우가 있다. 세상 모든 확률이 서로에게만큼은 예외인 사랑. 노을이 지고 하루아침에 가을이 오는 것처럼 누군가가 나를 당신 앞으로 데려다 놓는 순간. 온통 당신밖에 보이지 않아서 당신을 중심으로 내 세상이 돌아가던 하루들.

세상 어떤 것도 영원하지 않다는 걸 알게 되는 순간도 온다. 인사도 없이 여행을 떠나기도 하고, 쓰던 글은 그대로 있는데 그 안에 당신만 없는 날도 있다. 나 참 잘했죠?라고 말할 사람이 없어서 편지를 쓴다. 근데 당신 주소를 몰라서 가슴 안쪽에 편지를 넣고 하염없이 걷는다. 지난날을 돌이켜보면 가난하고 싶지 않았지만 부자가 되고 싶었던 적도 없었다.

돈에 대한 욕구나 성공에 대한 갈망이 나를 살아가게 한 건 아닌 것 같다. 사랑 때문이었다. 사랑이 나를 뛰게 했고, 사랑이 나를 쓰게 했고, 사랑이 나를 웃게 했다. 지금도 내가 무엇을 가져야 행복할지, 무엇을 놓아야 가벼워질지 알지 못한다. 하지만 사랑의 부재와 사랑의 충만함으로 더 나은 내가 될 수 있었던 것만은 확실하다.

죽었습니다. 돌아가셨습니다. 이별했습니다.

사망했습니다. 헤어졌습니다. 하늘나라로 갔습니다.

남이 됐습니다. 상을 당했습니다. 떠났습니다.

세상엔 슬픔의 종류만큼 이별의 말도 많다.

만약 당신과 내가 영원히 볼 수 없게 된다면

이사 갔다는 말을 하고 싶다. 이사 갔어요. 저 먼 남쪽으로요.

물고기도 잡고 싶다고 했고

다른 사람들보다 먼저 꽃을 보고 싶다고도 했어요.

언젠가는 저도 남쪽으로 가게 될 거라며

미리 가서 자리를 잡고 싶다고도 했죠.

이사 갔어요. 아주 멀리 남쪽으로요.

그 말 한마디로 만질 수 없는 당신을 나와

같은 하늘 아래 살게 하고 싶다.

너를 사랑하는 사람이 많단다

6년이라는 긴 시간 동안 한 장소에서 일했다. 너무 쉬고 싶어서 가게를 정리하기로 마음먹었을 때, 그동안 만난 손님의 수가 얼마나 될까 궁금해져서 계산을 해봤다. 한 달에 삼천 명씩은 만났으니까 그동안 이십만 명 정도 만났다. 모두 다 기억나진 않지만 많은 사람이 기억난다. 평생 잊혀지지 않을 것 같은 사람도 있다. 아홉 살짜리 아이다.

처음 카페에 왔을 땐 완전 아기였다. 아이의 나이를 보는 눈이 좋은 편은 아니라 몇 살인지 정확하세는 몰랐다. 지금 나이로 유추해보면 처음 봤을 때 3살 정도였을 것이다. 유독 그 아이를 기억했던 건 말 때문이었다. 주변에 많은 사람들이 있어도 아랑곳하지 않고 엄청나게 큰 목소리로 말했다. 보통의 어린아이들이 그렇지만 유독 같은 말을 반복해서 했다. 꼭 마음이 아픈 것처럼.

모든 만남이 그렇듯 친해지게 된 계기는 사소했다. 눈빛 때문이었다. 항상 아버지와 함께 왔는데 화장실 가신 사이에 혼자 있을 아이가 걱정돼서 쳐다봤다. 휴대 전화에 푹 빠져 있다가 갑자기 무언가 걱정되는지 가게 안을 이리저리 둘러보는데 나와 눈이 마주쳤다. 그 눈 안에 많은 것들이 살고 있었다. 적당한 불안과 무수한 호기심. 장마가 끝나고 난 하늘처럼 신비롭고 맑았다. 지금도 그 눈빛을 생각하면 입꼬리가 올라갔다가도 괜히 눈물이 난다.

손님들에게 작별인사를 건넬 때 가장 고민했던 것도 그 아이였다. 무슨 말로 안녕이라고 해야 할까. 어린 시절, 동네에서 친하게 지내던 이모가 이사했을 때 굉장히 슬펐는데 혹시 같은 기분을 남기는 게 아닐까 싶었다. 오랜 고민 끝에 여행이라는 단어를 골랐다. 그동안 쉬지 못해서 정말 여행도 가고 싶었고, 여행이라고 말하면 조금 덜 슬플 것 같았다. 영업을 종료하기 며칠 전에 아이가 카페에 놀러 왔다. 무릎을 낮추고 눈을 맞추며 말했다. 이번 주가 지나면 우리 카페는 사라져. 삼촌이 여행 가야 해서 이제는 못 나와.

"그럼 여행 같이 가자."

이 순수함을 어쩌면 좋을까. 그럴 수 없단 말을 차마 할 수가 없어서 볼을 쓰다듬으며 말했다.

"기차 타고 싶구나."

아무리 기술이 발달해도 아이의 순수함만은 재현할 수 없을 것이다. 아무리 돈이 많아도 아이의 순수함만은 살 수 없을 것이다. 저런 시절이 있었지. 아빠가 손잡고 오락실에 데려가주면 지구를 얻은 듯한 기분을 느끼던 시절. 이별이 이별인 줄 모르고, 만남이 만남인 줄 모르던 시절. 그 시절이 사라졌다고, 내게 그런 순수함은 남아 있지 않다고 생각하던 날들이 많았다. 그러나 우리의 마음속에는 여러 개의 방이 있다. 어떤 방에는 아이가 살고 있고, 어떤 방에는 아직 성숙하지 못한 어른이 살고 있으며, 어떤 방에는 듬직한 한 사람이 살고 있다. 삶을 살아갈수록 아이가 있는 방문을 여는 횟수가 줄어들 뿐, 여전히 아이 같은 모습이 남아 있다. 강한 척하며 살아가다가, 가끔 그 모습이 튀어나올 때면 그렇게 짠할 수가 없다. 이별의 인사를 건네고 뒤돌자마자 나도 아이처럼 울었으니까. 그날, 말이 조금 느리던 아이 앞에서 편지를 썼다. 아이와 나를 바라보며 세상 모든 사람들에게 편지를 썼다.

몹쓸 생각 하지 말고 세상 모든 일을 너의 잘못처럼 느끼지 않았으면 해. 무채색 얼굴로 사는 것도 그만. 남들 아파하는 것만큼만 아파했으면 좋겠어. 한숨 섞인 날과 죽고 싶던 많은 밤은 숨 막히게 아름다운 곳으로 너를 데려갈 거야. 사랑하는 사람을 찾듯 네 마음에 뭉친 곳이 있는지 들여다봤으면 해. 낯선 여행지를 고르듯 너를 행복하게 해주는 일을 찾았으면 해. 아프지 않았으면 좋겠다는 말이야. 행복했으면 좋겠고. 너를 사랑하는 사람이 많단다.

좋은 사람을 만나는 법

요즘은 정말 만나는 사람만 만난다. 분명 여러
사람들과 스치고 머물면서 살아왔는데 만나고
싶은 사람은 그렇게 많지 않다. 며칠 전에는 한
친구와 멀어졌다. 알게 된 지 얼마 안 됐을 때부
터 깊은 이야기를 주고받았던 사이다. 이상하게
시간이 지날수록 자꾸 나한테 미안하다며 사과
할 일이 자주 생겼다. 서로 괴롭히지 않아도 살
다 보면 신경 쓸 일투성인데 좋은 관계라고 생
각했던 사람과 목소리를 자주 높이는 건 옳지
않다고 생각했다. 그런 일련의 과정들이 반복되

다 보니까 이제는 우리가 좋은 사이도 아닌 것 같았다.

어떤 날은 굉장히 까칠해 보이는 사람을 만났다. 그러면 안 되는데 자꾸 나도 모르게 지레짐작하게 된다. 퉁명스러운 말투와 날카로운 눈빛 때문에 까칠할 것 같다고 생각했다. 만약 한 곳에 같이 앉아야 한다면 건너편에 앉길 바랐다. 같이 작업을 해야 한다면 많은 대화가 필요할 것 같았다. 근데 그 사람과 어느 날 둘이 마주치게 됐는데 내게 다정한 인사를 먼저 건네는 게 아닌가. 나는 그때 물 먹은 스펀지로 머리를 한 대 맞은 것 같았다.

나뿐만 아니라 많은 사람들이 사람 때문에 아픈 적이 있을 것이다. 반면에 사람 때문에 몸서리치게 좋았던 적도 있을 것이다. 그렇게 점점 이런 사람과는 가깝게 지내는 게 좋지 않고 이런 사람과는 조금 잘 맞는다, 라는 식의 사람을 대하는 나만의 기준이 만들어진다. 항상 느끼는 거지만 사람만큼 겪어봐야 알 수 있는 게 없는 것 같다. 사람을 만날 때 가장 좋은 기준은 어떤 기준도 세우지 않는 것이 아닐까. 너무 많은 걱정을 하면 좋은 사람을 놓치고, 너무 많은 기대를 하면 그만큼 실망하게 되니까. 내가 무엇을 하더라도 어차피 멀어질 사이는 멀어지고 함께할 사람은 함께한다.

가장 젊은 오늘

요즘 가장 많이 드는 생각은 매 순간 내가 어렸다는 거다. 작년을 돌아봐도 어렸고, 이십 대 초반을 생각하면 아찔하다. 도대체 왜 그런 생각을 하고 살았을까 싶은데 그런 일이 매년 반복된다. 나이는 그렇다. 다 컸다고 생각할 때쯤 여전히 부족하다는 걸 하나씩 알게 된다. 요즘은 그동안 하지 않았던 일들을 하고 있다. 예컨대 친척을 찾아뵙고 먼저 살갑게 인사를 건네는 일.

아무것도 하기 싫을 만큼 무기력해질 땐 나이가 들어서인지 익숙해진 일상 탓인지 헷갈린

46

다. 많은 사람을 불안하고 초조하게 만들기도 한다. 가끔 어떤 것 앞에서 망설이게 되는 가장 큰 이유기도 하다. 만약 지금의 내가 십 년 전으로 돌아가 나를 본다면 무슨 말을 할까. 아마 넌 지금 한창 젊으니까 주저 없이 선택하라고 말할 것이다. 정말 예전의 나와 마주친다면 미친 척하고 많은 것에 부딪히라고 말해주고 싶다.

앞에서 바라보면 한없이 많아 보이지만 한 발만 뒤에서 바라보면 우린 지금 인생에서 가장 젊은 날을 살고 있다는 걸 알 수 있다. 어떤 것 앞에서 망설여지는데 그 이유가 나이 때문이라면, 십 년 뒤의 내가 지금의 나에게 말을 건네고 있다고 생각하길 바란다. 너는 지금 한창 젊고 강하니까 주저 없이 시작해도 괜찮아. 조금 무모해도 괜찮아. 살고 싶은 대로 살아.

연인 사이에 가장 중요한 것

어떤 관계든 가장 중요하게 생각하는 게 있다. 믿음이다. 신뢰라는 말로 표현하기도 하는데 믿음이 없으면 그 관계는 끝나는 것 같다. 동료와 같이 사업을 시작했는데 서로의 기술을 누군가에게 말하지 않을 거라는 믿음이 없다면 그 사업은 유지될 수 없다. 친구라면 오랜 시간 동안 연락을 하지 않아도 우리 사이에 별문제가 없을 거라는 믿음이 있어야 한다. 아무리 그래도 믿음이 가장 중요한 역할을 하는 건 연인 사이가 아닐까 한다.

시로를 죽을 만큼 사랑하더라도 연인은 힘께 있는 시간보다 떨어져 있는 시간이 더 길다. 만약 그런 사이에 믿음이 없다면 어떻게 될까. 서로의 하루를 선명하게 그려볼 수 있을까. 만약 둘 사이에 이해가 안 되는 일이 일어났다고 해보자. 과연 믿음이 없으면 그 이야기에 고개를 끄덕일 수 있을까? 믿음이 정말 중요한 건 말로 쌓이는 게 아니기 때문이다. 아무리 나는 너를 믿는다, 나를 믿어달라 이야기해도 행동에 신뢰가 가지 않으면 믿음은 쌓이지 않는다. 심지어 굉장히 천천히 쌓이는 데 반해 허물어지는 속도가 무척 빠르다는 것도 위험하다. 아무리 믿음을 쌓아도 순식간에 무너지고, 그 무너진 믿음을 다시 세우려면 또 다른 믿음이 필요하기 때문이다.

사랑한다면 눈앞에서 잘하는 것도 좋지만 각자의 삶으로 돌아갔을 때 더 신경 써야 한다. 만약 누군가를 믿었다가 크게 다친 사람이 있다면 사랑의 상처가 덧났을 때 더 잘해야 한다. 사랑하는 사이에 믿음이 없다면 너무 괴롭지 않은가. 사랑하는 사람을 믿지 못해 괴로워하는 밤. 사랑하는 사람이 자신을 의심해서 괴로워하는 아침. 그건 어느 쪽도 아름답지 않다. 믿음은 어떤 접착제와 같다. 내가 소중하게 생각하는 그림을 걸어뒀는데 그게 자꾸 떨어진다면 우린 그 그림을 신경 쓰느라 생활을 할 수가 없다. 믿음이 그렇다. 연인 사이에서 그것이 없다면 사랑이 붙어 있을 수 없다. 믿음을 가볍게 생각하지 않길 바란다. 연애를 시작하는 데는 사랑이 필요하지만, 그것을 유지하기 위해서는 믿음이 필요하다.

어릴 때는 말이야, 어디든 뛰어 놀고

겁 하나도 없이 아무거나 막 잡기도 했는데

나이 들수록 뭔가 무서워져.

손에 든 게 많아서 그럴까.

아니면 너무 많이 넘어져서일까.

어쩌면 필요 이상으로 많이 알고 있기 때문인지도.

아무것도 모르고 마냥 달려가던 시절이 그리워.

그래서 가끔은 모른 척, 바보처럼 살기로 해.

당신은 명백하게 아름답다

살다 보면 누구나 겪는 일이 있다. 가장 빈번하게 겪는 일은 자존감 문제가 아닐까 한다. 자존감은 보통 높다, 낮다라고 표현한다. 그 말처럼 높아지고 낮아지고를 반복한다. 있고 없고의 문제보다는 높고 낮다는 표현이 더 어울린다. 아무리 외적으로 아름다운 사람도, 내면이 벽돌처럼 튼튼한 사람도, 누군가의 부러움을 살 만큼 성공한 사람도 자존감이 낮아진 적이 있다. 너무 넘치는 것도 좋지 않지만, 그보다 현저히 낮아졌을 때 많은 문제가 일어난다.

모든 것은 나에게서 시작한다. 내가 누군가를 만나고, 내가 무언가를 하며, 내가 무언가를 먹는다. 그런 나를 사랑하는 마음이 흐려진 상태에서는 모든 게 힘들 수밖에 없다. 심지어 자존감이라는 건 낮아지는 이유도 다양하다. 나는 연인과 헤어졌을 때 자존감이 많이 낮아졌다. 마치 내가 못나서 우리 사랑이 실패한 것 같았으니까. 되게 오래 준비해서 어떤 글을 썼는데 그 글이 사람들에게 읽히지 않았을 때도 그랬다.

오랫동안 취업이나 시험을 준비할 때, 갑자기 살이 확 쪄버렸을 때, 사랑하는 연인이 다른 사람을 품어서 내가 별 볼 일 없는 사람처럼 느껴질 때. 거듭된 실패로 움츠러든 어깨가 자존감까지 작아지게 만들기도 한다. 이토록 이유가 다양하다. 자존감이 낮아지면 생기는 특징이 하나 있는데 끊임없이 남과 나를 비교한다. 그러다 보면 훨씬 더 깊은 우울에 빠진다.

그럴 때는 두 가지를 기억한다. 하나는 나뿐만 아니라 모두 자존감이 낮아진 적이 있다는 것이다. 애석하게도 사람은 나만 힘든 게 아니라는 사실을 알면 조금 마음이 편해진다. 비가 아주 많이 오는 날, 모두가 우산을 쓰고 걸어가고 있는데 나 혼자 빗길을 뛰고 있다. 근데 저기 반대편에서 나와 같이 맨몸으로 뛰는 사람과 어깨를 스친다. 그럼 좀 괜찮아진다.

그리고 남과 나를 아주 철저하게 비교한다. 중요한 것은 자존감이 낮아졌을 때처럼 나에게는 없고 남에게 있는 걸 찾지 않는다. 반대로 나에게는 있지만, 남에게는 없는 걸 찾는다. 저 사람은 저렇게 코가 높지만, 손은 내가 더 예뻐. 저 사람은 저렇게 좋은 차를 끌지만, 편지는 내가 훨씬 더 잘 써. 물질적이든 물리적인 것이든 내적인 것이든, 나만이 가진 것을 철저하게 찾는 것이다. 우린 서로 다른 삶을 살았다. 그 결과로 우린 각자의 아름다움을 가지고 있다. 나만의 것은 분명 있다.

나에게는 있지만, 남에게는 없는 걸 찾기 위해 나를 빤히 보다 보면 알게 된다. 내가 생각보다 가진 게 많다는 것을, 당신은 꽤 괜찮은 사람이라는 것을, 그 누구보다 가치 있는 사람이라는 것을. 단언컨대, 당신은 명백히 아름다울 것이다.

오래 말하고 싶은 사람

사랑이 어려운 이유는 그만큼 특별하고 그만큼
뻔한 게 없기 때문이다. 상처가 아물기 가장 좋
은 재료이며 순식간에 모든 과거가 일어나기 좋
은 바람과도 같다. 맛을 몰라서 신기하고 표현
할 수 없지만 자꾸 생각나는 탓에 속이 망가지
는지도 모르고 먹는다는 의미에서 어떤 음식과
도 같다.

아무도 사랑하지 않겠다는 말. 너에게 마음
을 반쯤만 열겠다는 속삭임. 떠나간다면 태연히
보내주겠다는 비밀. 그 어떤 약속도 맹세도 다

짐도 사랑 앞에서는 소용없다. 사랑이라 불가능했던 것이 가능하고 가능했던 것이 불가능하다. 사랑은 지킬 수 없는 하나의 규칙과도 같다.

우리가 모두 이름을 들어보고 얼굴을 알고 있는 유명한 사람의 사랑은 다를까. 비슷할 거라고 생각한다. 조금 다를 수는 있다. 경제적인 여유가 있으니 좋은 음식을 먹고 자주 떠날 수는 있다. 그렇다면 그렇지 않은 사랑은 별로인 것일까. 아니다. 돈을 모아서 떡볶이를 함께 사 먹는 열한 살의 사랑도 아름답다. 결혼하지 않을 거라면 만나는 의미가 없다는 어느 서른 살의 사랑도, 혹시나 사람들이 이상하게 볼까 걱정하는 옆집 마흔 살의 사랑도 아름답다. 사랑은 나이에 맞게, 사람에게 맞게 빛난다.

인생을 통틀어 가장 사랑했던 사람과 다시 사랑할 기회가 주어진다면 거절할 것 같다. 이상하리만큼 그 사람과의 침묵은 숨 막혔다. 침묵이 어색하지 않은 사이가 아름다운 사이라고 생각하는데 그 사람과의 침묵은 불안했다. 우린 많은 대화를 나누지 못했다. 무척 오랜 시간을 함께하면서 마음과 마음이 닿았던 순간은 딱 한 번이었다. 그때 내가 가장 부러워했던 건 내 친구였다. 지금은 아내가 된 여자 친구와 데이트할 때 가장 많이 했던 게 카페에 앉아 이야기를 나누는 거였단다. 그게 그렇게 부러웠다.

맛있는 음식을 먹고 새로 나온 영화를 본다. 시간이 생기면 여행을 떠나고 가끔 편지를 쓴다. 어떤 날은 나쁜 표정으로 오해가 쌓일 것이다. 사랑의 형태는 이토록 비슷하다. 누구와 만나든 우린 익숙한 일을 한다. 당신은 좋은 사람이었으면, 익숙한 일이 선물 같아지는 사람이었으면 한다. 나와 공통점이 많아서 우리의 사랑에 대화가 끊이지 않았으면, 취향이 비슷해서 우리의 이야기가 꼬리에 꼬리를 물고 아침까지 이어졌으면 한다. 오래 말하고 싶은 사람, 자꾸 말하고 싶은 사람이기를.

계절이 바뀌듯 자연스럽게

내가 사는 동네의 유일한 장점은 자연재해가 별로 없다는 것이다. 물이 넘친 적도 없고 무엇이 무너진 적도 없다. 비가 많이 올 거라고 했는데 어쩐지 잠잠했다. 그랬는데 며칠째 비가 계속 내린다. 그것도 도로가 다 잠길 정도로 내린다. 이런 적은 처음이다.

올여름만큼 뜨거웠던 여름도 없는 것 같다. 지금 이 시대를 사는 우리는 정말로 역사의 중심에 서 있는 것 같다. 몇 십 년 만에 뜬다는 달도 자주 보는 것 같고, 111년 만의 더위가 올해였다니 이렇게 마른 날이 길었던 적도 없는 것 같다. 여름이면 비도 좀 시원하게 내리고 겨울이면 귀가 찢어질 듯 바람이 불어야 맞는 것 같은데.

매번 실내에서 일하느라 계절의 변화에 항상 둔감했다. 출퇴근할 땐 차를 이용했고 실내에서는 계속 에어컨을 틀어놓으니 여름에도 긴소매를 입고 겨울에도 두껍게 입지 않는다. 옷을 계절에 맞춰 입는 게 아니라 내가 입고 싶은 대로 입게 된다. 그러던 어느 여름날, 산길을 걷다가 놀랐다. 나만 모르고 있었을 뿐 이미 완벽한 여름이었다. 어쩌나 잎이 무성하던지 이걸 모르고 살았다는 게 부끄러울 정도였다.

옛날에는 몰랐는데 산을 걸으며 맡아지는 냄새들이 이젠 달게 느껴진다. 바닷가에서 수영을 하든 산속을 걷든 눈을 만지든 자연과 함께하고 나면 영혼이 씻긴 듯한 기분이 든다. 찌들어 있는 영혼을 꺼내 새 걸로 교환한 것 같은 기분. 그래서 자꾸 떠나고 싶은 건지도 모르겠다.

그런 자연을 보면서 느끼는 건 당연히 사는 게 생각보다 중요하다는 거다. 여름이면 비가 내리고 겨울이면 눈이 와야 한다. 햇볕이 뜨겁다면 얼굴이 좀 그을려야 하고 찬바람이 분다면 마른기침도 몇 번 해야 한다. 지금 비가 이토록 내리는 것은 내려야 할 때 내리지 않아서 일지도 모른다. 자연의 방식대로 살아가기로 한다. 한 사람이 떠나가면 세상이 끝난 듯 울기도 하고, 기쁜 날에는 마음껏 취하기도 하면서 살고 싶다. 계절이 바뀌듯 그렇게 자연스럽게. 아플 땐 아프고, 슬플 땐 슬프고, 기쁠 땐 기쁘게.

우리 앞에 죽음이 찾아온다면

비유가 아니라 정말 내일 삶이 모두 끝난다면

무엇을 하실 건가요?

황금이 그려진 지도를 찾아 나설 건가요.

세상을 내려다볼 수 있는 높은 곳으로 향할 건가요.

누군가에게 사랑한다고 이야기할 건가요.

우리가 살아가는 동안 제일 중요한 건 사랑입니다.

꿈에 대한 사랑, 연인에 대한 사랑,

삶에 대한 사랑이요.

모든 것을 사랑하세요. 내일 죽을 것처럼요.

어린 시절이 내게 준 것

어린 시절을 떠올려보면 그리 좋은 기억이 많지
않다. 단어로 그때의 삶을 표현해야 한다면 궁
핍, 가난, 결핍 이런 단어들과 어울리는 삶이었
다. 아버지 말에 따르면 어릴 때 강남에 엄청 큰
아파트에서 살았던 적도 있단다. 물론 기억이
하나도 나지 않는다. 방문을 열고 나오면 어린
내가 뛰어놀 수 있을 만큼의 넓은 거실이 있었
다는데 이것 역시 기억나지 않는다. 누나는 가
끔 기억난다고 하던데 신기하다며 고개를 끄덕
였지만, 사실 아직까지 약간 의문을 품고 있다.

자아가 형성되고 기억이라는 것이 자리 잡기 시작하면서 날 괴롭혔던 건 가난이었다. 이 가난은 물질적 풍요만을 말하는 것이 아니다. 마음의 빈곤 또한 가득했던 시기였다. 우리 집이 예전에는 말이야, 이런 식으로 친구들과의 술자리에서 종일 이야기할 법한 일들이 집안에 연달아 일어나자 가난은 점점 더 깊어졌다. 누가 우리 집 문을 두드리면 몸이 굳어버리기도 했고 부모님의 전화 소리가 다 들리지만 들리지 않는 척해야 했다. 그때 내 옆엔 항상 누나가 있었다. 기껏해야 초등학생, 중학생이었던 우리가 할 수 있는 건 이불을 덮고 있는 게 전부였다. 그때 누나의 눈에선 꼭 강한 사람이 될 거라는 다짐이 보이곤 했는데 나도 그런 눈빛을 가지고 누나를 바라봤다. 훗날 우리는 세상의 많은 문제 앞에 어지간해서는 기죽지 않는 남매가 되었다.

지금 이런 이야기를 할 수 있는 건 내 삶이 풍요로워져서가 아니다. 이제 가난하다고는 말할 수 없는 환경이 됐지만 그렇다고 부유한 삶을 사는 것도 아니다. 드디어 평균에 조금 가까워진 내가 이런 이야기를 하는 건 나름 잘 이겨내기도 했고 가난과 결핍을 통해서 내가 태어난 이유를 깨달아서다. 삶의 많은 문제를 미리 겪고 그걸 글로 풀어서 다른 사람들에게 전해주는 것. 그게 내가 살아 있는 이유고 내가 살아가야 할 삶의 방향이다.

　태어나서 십 년 가까이 예술을 하다가 처음 돈을 벌어봤을 때. 그것도 예상하지 못했던 책이라는 매체로 첫 수익이 생겼을 때. 그 돈을 기부하겠다고 하자 여기저기서 볼멘소리가 새어 나왔다. 사실 경제적으로 옳은 선택은 아니었다. 그동안 예술 하겠다고 날려먹은 돈이 얼만데. 직접 나에게 무슨 말을 한 사람은 없었지만 건너건너 이야기를 들을 수 있었다. 만약 나에게 그런 말을 직접 했다면 이런 대답을 해주고 싶었다.

　가족들끼리 모여서 밥을 먹는데 자식들이 어려. 근데 가난해서 재료 살 돈이 없는 거야. 김 위에다 밥을 가득 얹고 햄 한 줄 넣어주면서 그걸 김밥이라고 말해야 하는 상황을 겪어본 적 있어? 많은 것을 갖고 싶었던 아이는 가난과 결핍을 겪으면서 그렇게 세상의 감정을 잘 느끼게 된 거야. 너무 잘 느껴진 나머지 그 어린 나이에 거짓말을 해야 하는 부모의 마음도 읽은 거지. 한겨울인데 기름 때울 돈이 없어서 밥상 밑에다 헤어드라이어를 켜놓고 밥을 먹어본 적 있어? 나는 그런 시절을 겪으면서 지금 내가 가진 것들이 고마워졌어. 그리고 지금 모든 거리가 축제일지라도 어딘가에는 생활고를 겪는 사람이 있다는 것과 가난에서 벗어나기 위해서 간절하게 사는 사람이 있다는 걸 알아. 그들의 추위가 느껴지는데 못 본 척하고 사는 건 죄를 짓는 거야.

　세상은 한 번도 살 만했던 적이 없었다. 울거나 자는 게 전부였던 시절에도 모든 사람이 행복하진 않았을 것이다. 지금도 뉴스와 신문을 보면 비극적인 이야기가 쏟아져 나오니까. 가난과 부의 균형이 맞았던 시절도 없었다. 다만 연대하며 살아갈 뿐이다. 결핍됐던 사람이 많은 것을 채우고 다시 그것을 나눠주고, 아팠던 사람이 잘 극복하고 나서 다른 사람들에게 힘을 실어주는 그런 연대 말이다. 가난했던 시절 덕분에 세상에 힘을 보탤 수 있게 됐다. 세상 모든 것에 고맙다고 느낄 수 있는 사람이 되기도 했다. 최소한 나에게 가난과 결핍은 가치가 있었다.

동물을 좋아하는 사람

친누나가 강아지 한 마리를 키운다. 이름은 엘사. 털이 하얘서 애니메이션에 나오는 얼음 공주 이름이랑 똑같이 지었다. 누나가 시댁에 내려가는 바람에 며칠 엘사를 맡아주기로 했다. 처음 봤을 땐 가족 말고 사람을 본 적이 거의 없어서 무척 겁을 냈는데, 이제는 몇 번 봤다고 난리도 아니다. 다른 책에서 이야기한 적이 있지만 나는 열여섯 살 이후로 강아지를 키우지 않았다. 키우고 싶은 생각이 들어도 잠시뿐이었다.

정말 오랜만에 강아지와 함께 있어본다. 참

으로 신기한 동물이다. 이렇게 이렇게 주인만 생각할까. 내가 샤워하러 들어가면 어떻게 아는지 나올 시간에 맞춰 문 앞에서 기다리고 있다. 컴퓨터 소리에는 별 반응을 안 하면서 내가 조금만 움직여도 그 앞에 와 서 있다. 정말 자다가도 벌떡 일어난다. 지금은 노트북 충전기를 가지러 몇 발자국 걸었는데 거실에서 강아지 발소리가 들린다. 신이시여, 어떻게 이렇게 사랑스러운 존재를 세상에 보내셨나이까.

동물을 키운다는 거, 그거 생각보다 정말 쉽지 않다. 귀엽고 사랑스러울 뿐만 아니라 힘들 때 기댈 수도 있고 집안이 밝아지는 정서적인 위안도 얻을 수 있다. 하지만 무언가를 얻기 위해서는 많은 책임이 따른다. 강아지뿐만 아니라 모든 반려동물이 그렇다. 그들은 그들만의 언어와 방식으로 세상을 살아간다. 스스로 양치질을 하거나 어디가 아프다고 말해주지 않는다. 그 언어를 이해하기 위해서는 많이 공부해야 한다. 나에게 딱 맞춘 것처럼 태어난 반려동물은 세상에 없으니까.

동물을 좋아하는 사람은 다른 동물도 존중할 줄 안다. 친구한 명은 앵무새를 키우는데 동물을 좋아하는 사람은 왜 새를 키우느냐고 핀잔하지 않는다. 오히려 그 새가 무엇을 먹는지, 이름은 무엇인지를 더 궁금해한다. 우리는 동물을 기르면서 성숙해지고 어떤 것으로도 치유할 수 없는 마음속 구멍이 메워지기도 한다.

  동물을 길러본 적 있거나 어떤 동물이라도 사랑하는 사람
이라면 나는 그 사람이 따뜻한 사람일 거라고 생각한다. 반려
동물에게 쉴 공간을 제공하고 밥을 준다고 내 멋대로 할 수 있
는 게 아니라는 걸 아는 사람은 인간관계에서도 배려를 할 것
이다. 소유하는 것이 아니라 관계를 맺으며 살아갈 테니까. 동
물을 대하는 마음이 따뜻하다면 사람을 대하는 자세도 따뜻할
것이다. 동물을 좋아하는 사람이 좋다.

오랫동안 거리에 편지를 붙였다. 내가 쓴 글을
줄이고 줄여서 종이 한 장에 적었다. 비밀편지
라고 이름을 붙였는데 이유는 그랬다. 편지 쓰
는 걸 좋아했던 나는 하고 싶은 이야기를 하지
못한 날이 많았다. 담아둔 이야기를 어떻게든
전하고 싶었고, 한 사람과 한 사람이 주고받는
편지를 길거리에 붙이는 행위를 통해 보여주고
싶었다.

"이야기해도 괜찮아요."

작업을 시작하고 제일 먼저 시작한 건 규칙

을 세우는 일이었다. 나에게는 작업이지만 누구에게는 그저 전단지로 보일 수 있으니 규칙이 있어야 했다. 영업하는 곳은 무조건 피할 것. 신호등과 마을버스 정류장에는 무조건 붙일 것. 처음 예술을 할 때 느꼈던 기분을 절대 잊지 말 것. 편지를 아무리 많이 붙여도 밥벌이와 구분해서 하고 싶은 말을 마음껏 할 것. 누군가 읽어준 곳은 무조건 다시 붙일 것. 추워도 춥지 않은 척, 더워도 더운 척하지 않을 것. 뭐 이런 내용이었다.

삼 년이 넘는 시간 동안 작업하면서 이 규칙을 잘 지켰다. 그래서 오래 할 수 있었다고 생각한다. 튼튼한 기둥을 세웠으니 아무리 많은 바람이 불고 눈이 쌓여도 무너지지 않는 게 아닐까. 여전히 작업뿐만 아니라 글쓰기, 삶을 사는 방식, 일하는 방식에도 많은 규칙이 존재한다. 어떤 일을 별 고민 없이 시작하는 것처럼 보이고 자주 떠나서 자유로워 보일 수도 있지만, 안에는 무수히 많은 규칙이 존재한다.

여전히 시끄러운 곳에서 술을 먹어야 한다면 피한다. 낯선 사람을 만나 자극을 받는 것보다는 익숙한 사람을 만나 밥 한 번 더 먹는 게 좋다. 아무리 어려운 단어를 많이 알아도 모두가 이해할 수 있도록 쉽게 글을 쓰고 싶다. 규칙 없는 세상 속에 나만의 규칙을 세우고 지키면서 살아갈 때 우리는 조금 더 단단한 사람이 된다.

사랑하지 않아도 되는 날들

"결혼했어요? 아…… 아직이구나. 그럼 애인은
있어요?" 날씨 이야기만큼이나 지금 사랑하고
있느냐는 질문을 참 많이 한다. 세상엔 가로등
만큼 많은 기준이 있다. 그 나이엔 그것을 해야
하고 이 나이에는 이것을 해야 하고. 학교 졸업
하면 취업하고 취업하면 결혼해야 하는, 일종의
삶의 패턴 같은 것 말이다.

　　그 기준에서 조금이라도 어긋나면 표정부
터 달라지는 사람들이 많다. 문학평론가 이어령
선생님께서는 '모두가 같은 방향으로 뛸 필요가

없다. 300명이 있는데 다 같은 방향으로 뛰면 1등부터 300등까지 등수가 매겨진다. 하지만 300명이 다 다른 방향으로 뛰면 모두가 1등일 수 있다'라고 말씀하셨다.

삶에는 다양한 가치가 있다. 자신이 책임질 수 있는 선에서 선택을 내린다면 어떤 것이라도 상관없다. 자유롭게 떠날 수 있는 환경의 사람이 서른 살에 회사를 퇴직하고 세계여행을 떠나도 우린 인상조차 쓸 수 없다는 것이다. 사랑, 참 좋다. 사랑이 좋지 않다고 생각하는 사람은 없을 것이다. 어떤 건물이 무너져도 그 잔해 속 한쪽에 희미하게 빛나고 있는 게 사랑이다.

다만 내 삶이 만족스럽다면 굳이 사랑하지 않아도 된다. 사랑의 종류가 얼마나 다양한데 예술을 사랑할 수도, 고요한 삶을 사랑할 수도 있다. 세상이 아무리 사랑을 유도하더라도, 안정적인 삶이 최고의 삶이라고 하더라도 상관없다. 당당하게 이야기할 수 있으면 된 거다. 나는 지금 내 삶이 좋아요.

어떤 사람은 하늘색 옷이 잘 어울리고 누구는

어두운 옷이 더 잘 어울려요. 긴 머리가 잘 어울릴 수도

짧은 머리가 잘 어울릴 수도 있죠. 나에게는 나에게

어울리는 것이 있어요. 사람관계도 비슷하더라고요.

낯선 사람을 많이 만나야 좋은 사람이 있고 어제 본 사람을

오늘 또 보는게 좋은 사람도 있어요. 어떤건 옳고

어떤건 아니라고 말할 수 없습니다.

서로에게 맞는 방식일 뿐이니까요.

다른 사람이 사는 방식을 신경 쓸 필요는 없어요.

내가 나에게 맞는 방식대로 살고 있냐가 중요하죠.

나에게 잘 맞는다면 몇 명하고만 가깝게 지내도

매일 어두운 옷을 입어도 우린 행복한 테니까요.

글을 쓴다는 것

글쓰기 수업 때 가장 많이 듣는 말은 몰랐다는 말이다. 내가 책을 이렇게 안 읽는지 몰랐어요. 이렇게 좋은 글이 많은지 몰랐어요. 글을 쓸 때 이런 과정으로 쓰는지, 이런 방법이 있는지 몰랐어요. 사실 글을 쓴다는 건 그다지 낭만적인 일이 아니라고 생각한다. 혼자 있는 시간이 정말 길어지니까. 영감을 받기도 어렵고 그걸 다듬으려면 오래 앉아 있는 수밖에 없다. 독자분을 만나는 걸 어려워하는 이유 중 하나가 이런 거다. 내 글을 좋아해주시는 분은 나에 대한 기대치가 높시만 나는 그냥 보통 사람일 뿐이다.

영화 속 영웅들의 일상은 다를 줄 알았다. 근데 아무리 보고 또 봐도 우리와 똑같았다. 황금으로 만든 칫솔로 양치질을 하지도 않았고 엄청난 힘을 위해서 세상에 없는 요리를 먹지도 않았다. 아이언맨이 매일 수트를 입고 다니는 건 아닌 것처럼, 평상시엔 그냥 자기 살고 싶은 대로 살다가 악당이 나타나면 그때서야 변신해서 싸운다.

작가도 비슷하다고 생각한다. 물론 평소에도 생각을 많이 하고 살지만, 나한테는 이게 하나의 갑옷인 거다. 힘든 일이 일어났을 때 침대로 몸을 던지기보다는 글을 쓰고, 사랑한다고 말하고 싶어서 미칠 것 같을 때면 편지를 쓰는 것이다. 나에게 어떤 일이 일어났을 때 대처하는 하나의 무기인 셈이다. 매일 꽃한 송이를 주머니에 넣고 다니다가 마음에 드는 이성이 나타나면 갑자기 꽃과 함께 달콤한 말을 뱉는 것과는 거리가 멀다.

요즘에는 글이 안 써져서 나를 괴롭히고 있다. 삶이 좀 편해서 그런지 어떤 것도 쓰지 못하기에 밥도 하루에 한 끼만 주고 잠도 잘 재우지 않고 있다. 지금은 온종일 일을 하다가 쉬어야 할 시간인데 일부러 늦게까지 영업하는 카페에 왔다. 모두가 짝을 지어 앉아 있는 이곳에 홀로 앉아서 외로운 사투를 벌이고 있다. 어떻게 해야 글을 쓸 수 있을까, 나를 어떻게 괴롭혀야 좋은 글감이 나올까 하면서 말이다.

왜 그런 고통을 감수하면서 이 일을 하냐고 묻는다면 이유는 하나다. 가장 나다워질 수 있어서다. 겉으로는 단단해 보이지만 뭉개진 속마음을 글로 쓸 땐 마음껏 보여줘도 된다. 어떤 사람을 잃었을 때 마음껏 울지 못했던 걸 지금까지도 후회하지만 여기선 얼마든지 울어도 된다. 누군가에게는 마냥 진지해 보이는 나지만 여기서는 한없이 장난을 칠 수도 있다. 그래서 쓴다. 나를 가장 나답게 만들어주는 것 같아서. 어떤 일을 직업으로 삼고 살아야 하느냐고 나에게 묻는다면 이렇게 대답할 것 같다. 나를 가장 나답게 만들어주는 것.

아름다운 시간

어떤 관계가 끝났을 때 그 사람을 다시 볼 수 없
다는 사실만큼 슬픈 건 우리도 평범한 사랑에
지나지 않았음을 깨달을 때다. 특별한 사랑을
했다고 믿었는데 남들과 비슷한 이유로 이별하
거나 아무렇지 않은 듯 누군가를 다시 사랑하
게 될 때, 우리가 그린 그림은 색깔 가득한 수채
화라고 생각했는데 모든 게 흑백이었고, 비슷한
그림을 다른 사람들도 손에 쥐고 살아가는 모습
을 보게 될 때다.
　　닿을 수 없을 만큼 멀어진 시간과 아득히 멀

어진 물리적 거리는 서로를 오해하기에도, 우리도 평범한 사랑에 지나지 않았다고 느끼기에도 충분하다. 그러나 나는 그렇게 생각하지 않는다.

당신이 나 아닌 누군가와 여수 밤바다 앞에서 사랑을 흥얼거릴지라도 우리가 특별한 사랑을 했다는 건 변함없습니다. 모든 걸 줘도 떠나는 게 사랑이고, 사랑만으로 모든 게 해결되지 않는다 해도 우리가 특별한 사랑을 했다는 건 변함없습니다. 혼자만의 시간을 못 견디는 사람이 먼저 다른 사랑을 시작하겠지만 그게 당신일지라도 우리가 특별한 사랑을 했다는 건 변함없습니다. 살아가다 한 번쯤은 마주칠 테죠. 그때 우린 서로를 모른 척해야 할 테지만 특별한 사랑을 했다는 건 변함없습니다.

예전에 하고 싶어 했던 거 있잖아요. 무언가를 만들었다는 생각에 나한테 숨 막히게 보여주고 싶어 했던 그거. 그곳 앞에서 내가 당신을 기다리기도 했던 그거. 우리를 새벽에 훌쩍 떠나게도 만든 그거요. 언제가 되어도 좋으니 그것만큼은 꼭 이뤘으면 합니다. 당신은 그걸 만들 때 가장 아름다워요. 마지막으로 전하는 말이 당신 걱정이라니 나도 어쩔 수 없나 봅니다.

내 친구이자 내 아내이자 내 연인이었던 사람아. 안녕히 가십시오. 마음이 성하지 못하여 먼 길을 배웅하긴 힘드나 여전히 같은 자리에서 당신의 안녕을 빌겠습니다. 다시 태어난다면 그땐 내가 당신의 마지막 사람이었으면 합니다. 아름다운 시간이었어요. 안녕.

봄이 오면 당신과 함께하고 싶은 것들

　삼 월. 어떤 사람과 짝이 될까. 담임선생님은 누
가 될까 설레는 시간. 아침저녁으로 쌀쌀한 공
기 탓에 여기저기 마른기침 소리가 들리지만,
햇살은 모든 것을 데울 듯 따뜻한 계절. 한껏 온
도가 올라간 마음이 주체하지 못하고 사랑을 덜
컥 시작해버리는, 그 사랑이 분홍으로 물들 때
쯤 거리에 벚꽃이 피는 그런 계절. 나는 봄을 그
렇게 표현한다.

　한 번도 봄을 겪어본 적 없는 아이에게 도화
지를 주면 꽃을 그릴 것 같다. 배경은 온통 분홍

색이거나 노란색. 어떤 누구도 봄을 표현할 때 어두운 색연필을 잡지 않을 거라고 확신한다. 최소한 나는 그렇다. 무방비 상태가 되는 계절이 한순간쯤은 있어야 하지 않겠는가. 요란한 게 싫어도 요란해지고 싶은 공기. 태어나서 아파트에서만 자랐던 강아지에게도 봄이야, 라고 말하는 순간 킁킁거리며 몸을 쭉 늘어트릴 것이다.

내 생애 최고의 봄은 학창시절의 봄이었다. 길고 길었던 겨울이 끝나고 짧아진 교복 바지를 입는 일도, 겨우 잠들던 시간에 일어나야 하는 일도 나쁘지 않았다. 삶이 바뀐다는 건 무언가 시작된다는 걸 뜻했으니까. 내가 다녔던 학교에 가고 싶다. 운동장에 누워 하릴없이 하늘을 바라보다 비어 있는 교실로 들어가고 싶다. 책 몇 권 쌓아두고 그 뒤에 숨어 편지 하나 쓰고 싶다. 마음껏 귀가 빨개져도 되는 그런 편지 말이다.

당신이 나와 같은 반이었으면 좋겠다. 내가 당신을 올해부터 사랑한 게 아니라 교복을 입은 시절부터 사랑한 거였으면 좋겠다. 당신은 나를 조금만 좋아해도 괜찮다. 내가 더 사랑하면 되니까. 내가 다녔던 고등학교에 같이 가자. 칠판 가득 사랑한다는 말을 적는 유치한 짓도, 학생들 사이에 껴서 떡볶이를 먹는 일도 하자. 춥디추운 이 계절. 마른기침을 하면서 봄이 오면 당신과 함께하고 싶은 것들을 적고 있다.

사랑하면 좋은 것이 참 많다.

그 사람의 목소리로 오늘 하루 커튼을 칠 수도 있고

세상 모든 것이 지나치다 싶을 때도

언제나 나를 안아주는 내 편이 하나 생긴다.

하지만 사랑은 무언가를 얻기만 하는 건 아니다.

사랑한다고 말하고 외롭게 두지 않아야 하고

나를 사랑하느냐는 질문이 나오게 해서는 안 된다.

불안한 낮이 많아도 그것은 믿음의 부재가 아니라

너무 행복해서 불안해야 한다.

사랑은 아름다운 만큼 많은 책임이 따른다.

나의 차례

오디션 프로그램이 유행하고 있다. 요리와 음악 뿐만 아니라 운동까지 점차 그 영역이 확대되고 있다. 어떤 분야든 항상 화제의 인물이 탄생한다. 어디서 이런 사람이 나왔을까 싶을 정도로 스타성을 가지고 있거나 다른 참가자보다 실력이 훨씬 뛰어난 사람.

우승하는 경우도 있고, 하지 못하더라도 오히려 우승자보다 빛을 보는 사람도 많다. 이런 사람들은 대부분 둘 중에 하나다. 원래 자신의 분야에서 실력 있기로 유명했는데 대중에게 늦게 알려졌거나, 활동한 게 거의 없지만 특별함을 갖추고 있던 사람들.

가끔 그런 사람들의 모습은 어떤 축복처럼 느껴진다. 자고 일어났는데 하루아침에 스타가 되어 있는 것처럼 보이니까. 나랑 나이가 같은데 너무 다른 삶을 살고 있는 걸 보면서 자괴감이 느껴지기도 한다. 이웃 효과라는 말이 있는데 이웃이 새 차를 사면 잘 타고 다니던 내 차가 볼품없게 느껴지는 심리를 말한다. 특별해 보이는 사람의 모습은 평범한 우리에게 상대적 박탈감을 불러일으키는 게 사실이다. 하지만 그들은 우리가 생각하는 것과 다른 아침을 맞이했을 경우가 많다.

자려고 눈을 감는데 이대로 영영 깨어나지 않았으면 좋겠다고 생각한다거나, 모두가 잠이 든 시간에 홀로 깨어 있을 수도 있다. 우리의 삶은 겉에서 보이는 게 전부가 아니니 말이다. 나는 각자의 차례가 있다고 생각한다. 공부든 예술이든 직장 생활이든 상관없이 말이다. 근데 모두에게 공평하게 온다고 생각진 않는다. 남에게 보이지 않는 시간을 잘 활용한 사람. 그 사람에게는 반드시 자신의 차례가 온다.

아름다운 삶

거울을 봤다가 깜짝 놀랐다. 얼굴이 너무 수척
해졌다. 사람은 정말 밤에 잠을 자고 아침에 일
어나는 게 맞는 것 같다. 원고를 쓰느라 꽤 오랫
동안 아침에 잠들었더니 몸이 말이 아니다. 아
무리 열심히 씻어도 잠시만 환해질 뿐 금방 낯
빛이 어두워진다. 이렇게 내가 하고 싶은 일을
하면서 산 지 십오 년이 지났다.

이런 날을 보내면서 늘 갈망하던 게 있었다.
하고 싶은 게 있다는 이유로 생기는 에너지가
없어도 삶을 살아갈 수 있었으면. 학원 갔다가

집으로 돌아오면 누가 과일을 깎아줬으면 좋겠고 적금도 꼬박꼬박 들어보고 싶었다. 이제는 그러고 싶어도 그럴 수 없을 만큼 멀리 왔다.

세상에는 정말 여러 삶이 있다. 남들과 다르게 사는 사람. 아니면 하고 싶은 일이 있다는 이유로 매일 같은 곳에서 같은 일을 하는 사람. 무엇을 해야 할지 몰라서 방황하고, 하고 싶은 일을 어떻게 찾아야 하나 고민하는 사람. 평일에는 열심히 일하고 나른한 일요일을 보내는 보통의 직장인까지 정말 다양하다. 어떤 삶이 좋은 것인지 많은 사람들이 고민한다. 안정적으로 사는 게 좋을까. 하고 싶은 일을 하며 사는 게 좋을까. 그냥 흘러가는 대로 사는 게 좋을까.

이제는 그런 생각을 한다. 꼭 평범하지 않아도, 밤새 원고를 고치다 계절마다 다르게 뜨는 아침 해를 보는 것도 멋있는 삶 같다고. 겨울엔 문집을 준비하느라 밤을 새웠고 여름엔 신간을 준비하느라 밤을 새웠다. 날씨에 따라 아침 해가 얼마나 다르게 뜨는지 모른다. 베란다에서 그 모습을 보고 있으면 누구에게나 아침은 온다는 사실이 코끝으로 느껴진다. 계속 만져도 달라질 것 없는 원고를 들고 자주 가는 카페에서 수척한 모습으로 씨름하는 것도 나만이 할 수 있는 일이다.

직장인의 나른한 휴식은 열심히 일한 보상으로 누릴 수 있는 것이다. 한 가지 목표를 위해 같은 일을 계속하는 사람도 대단한 사람이다. 우리가 언제 무언가를 위해 그토록 열정적으로 살 수 있겠는가. 불안한 삶도 그만의 아름다움이 있다. 불안한 날을 벗어나기 위한 움직임이 그를 더 좋은 곳으로 데려가줄 테니 말이다. 삶은 적어도 어느 쪽이 더 좋고 어느 쪽이 더 나쁜 건 없다. 어떤 인생을 사는지는 별로 중요하지 않다. 내가 내 삶을 사랑하는지가 중요하다.

언제 만나도 어제 만난 것 같은 사이

참 이상합니다. 어릴 때는 친구가 정말 많았거
든요. 가까워지는 이유도 되게 간단했어요. 같
은 반이라서, 짝꿍이라서, 옆집에 살아서, 부모
님들끼리 친해서. 어떤 친구는 이유도 기억 안
나는데 어느 순간부터 같이 지내고 있더라고요.
초등학생 때를 생각해보면 우리 반 모두가 친구
처럼 느껴졌던 것 같아요. 친구가 몇 명 있냐고
물어보면 손 두 개가 모자랄 정도로 접어가면서
말했거든요.

　　중학교, 고등학교, 대학교, 취업, 결혼 등 많

은 과정을 거치면서 내 옆에 머무는 사람도 많이 달라집니다. 그런 말 있잖아요. 어릴 때 만난 친구가 진짜 친구다. 아직도 그 말에 전적으로 동의하진 못하겠습니다. 어느 정도 생각이 자란 상태에서 만났는데 잘 지내는 사람도 있거든요. 어릴 때 만났고 평생 함께할 것 같던 친구인데 이유도 모른 채 멀어지기도 했고요. 예전에는 휴대 전화를 바꾸면 모든 번호를 다 옮겨 저장했는데 어느 순간 한두 명씩은 빠지기 시작하더군요. 이제는 연락처에 일과 관련된 사람들이 더 많은 것 같습니다.

친구라는 존재는 인생을 살아가는 데 있어서만큼은 절대적입니다. 나와 취향이 맞는 사람이 한 명도 없다면 아무리 부유한 삶이라도 행복하지 않을 것 같아요. 우리 어릴 때 그 선생님이 이랬잖아, 라는 이야기를 나눌 사람이 한 명도 없다면 삶이 너무 숨 막히지 않을까요. 초등학생 때 강원도에 살았는데 김포로 이사하게 됐어요. 학교도 바뀌게 됐고 당시 친하게 지내던 친구들과 모두 멀어졌죠. 그리고 마음 아픈 일이 여러 번 생겨서 강원도에는 한 번도 내려가지 않았습니다. 근데 어느 날 광화문 한복판에서 그때 멀어진 친구를 18년 만에 만났습니다. 정말 그 모습 그대로였어요. 그렇게 많은 사람들 사이에서 스쳤는데 단번에 이름이 기억나면서 껴안게 되더라고요.

어릴 때 만나면 추억이 많아진다는 장점은 있지만 언제 만났는지보다 어떤 모습으로 만날 수 있는지가 더 중요한 것 같습니다. 시간이 흘러 삶의 많은 장면이 익숙해지고 하루가 자꾸 지루해져 어떤 갈증이 일어날 때 여행처럼 간절하게 생각나는 사람들이요. 만나서 대화를 나누는 것만으로도 삶이 가벼워지고 어떤 꾸밈없이 만나도 되는 사람들이요. 화려하지 않고 요란하지 않아도 충분하다면 친구가 아닐까 합니다. 애쓰지 않으면 살아갈 수 없는 삶에서 유일하게 애쓰지 않아도 옆에 있어주는 존재라니 너무 낭만적이지 않나요? 그래도 친구의 가장 좋은 점은 아무리 오랜만에 만나도 어제 만난 것 같다는 게 아닐까요.

demien rice
/ the blower's daughter /

우리는 사랑하는 사람과 왜 다투는 걸까. 가족,
연인, 동료, 친구. 사랑으로 연결되어 있는 관계
가 이렇게나 많은데 끊임없이 다툰다. 서운하고
화도 나고 밉기도 하다. 일방적인 실수나 누가
봐도 한쪽이 잘못한 경우를 빼고는 이것에서 시
작할 때가 많다.

　게리 채프먼이라는 사람은 이걸 사랑의 언
어라고 부른다. 우리는 다른 나라에 살고 있는
사람들처럼 사랑의 언어가 다르다. 아버지와 다
투는 방법은 딱 삼 일만 집에서 밥을 먹지 않는
것이다. 정을 굉장히 중요하게 생각하는 어떤

동생의 연락을 두 번만 받지 않아도 그는 무척 서운해할 것이다. 사람마다 기준이 모두 다른 것처럼 우리가 표현하는 사랑도 다 다르다.

끼니를 챙겨주는 게 가장 중요하다고 생각하는 사람에게는 그게 가장 큰 사랑의 언어다. 집에서 밥을 먹지 않는다는 건 그걸 무시하는 셈이니 당연히 다툴 수밖에 없다. 사람 사이에 정을 가장 중요하게 생각하는 동생은 연락이 가장 큰 사랑의 언어일지도 모른다. 함께하는 시간이 가장 중요한 사람은 아무리 좋은 선물을 받아도 사랑받는다고 느끼지 않을 것이다. 그건 그 사람이 원하는 사랑의 언어가 아니기 때문이다.

애석하게도 사랑한다고 말하면서 서로를 모르는 경우가 많다. 가족이든 연인이든 친구든 만약 사랑한다면 상대가 가진 사랑의 언어를 이해하기 위해 최선을 다해야 한다. 사랑은 서로 다른 것을 이해하려는 노력이 필요하다.

지금 머무는 섬은 주유소가 없습니다.

기름을 넣으려면 모두 육지에서 넣고 와야 하죠.

불편한 기색 없이 다들 이렇게 살더라고요.

가보고 싶은 나라가 하나 있는데

그곳엔 동전이 없다네요. 그니까 그 나라는

동전이 없어도 모든 계산이 되는 거예요.

떠나보면 알게 됩니다.

그리 많은 것을 가지지 않아도 사는 데

아무런 문제가 없다는 것을요.

2
장

당신에게

그러기엔 당신이 너무 소중하다

세상에는 수많은 사람들이 있다. 혼자 방 안에서 아무도 만나지 않고 살지 않는 이상 우린 매일 사람을 만난다. 사람과 함께하고, 사람과 부딪히며, 사람 때문에 울고, 사람 때문에 웃는다. 문제는 무례한 사람들이 너무 많다는 것이다. 나는 이걸 좋아하는데 그 사람은 이걸 좋아해, 라는 취향의 문제가 아니라 상식 밖의 사람들이 너무 많다.

자신보다 어리다고 처음 봤는데 반말을 하는 사람이나 직장 상사라는 이유로 개인적인 심

부름까지 시키는 사람들. 공공장소에서 예절 따윈 고이 접어버린 채 자신의 욕구를 충족하기 위해 피해를 주는 사람들. 다른 곳에서 생긴 화를 만나는 사람들에게 다 풀어버리는 사람. 무조건 목소리를 높이고 성질내면 다 해결되는 줄 아는 사람. 무례한 사람의 유형만 쓰더라도 아마 이틀 밤은 지새울 것이다.

오래 서비스직에서 일했던 터라 그런 사람들과 마주하게 되면 세 가지를 기억한다. 하나는 이해하려 들지 않는 것이다. 무례한 사람들은 자신이 무례하다는 것 또한 모른다. 도대체 왜 저런 행동을 하는 것일까? 이해하려고 하는 순간 더 힘들어진다. 그냥 그런 사람인 것이다.

두 번째는 꼭 말을 해야 할 때는 해야 한다는 것이다. 옆에서 너무 시끄럽게 소리 지르는 사람이나 말도 안 되는 일을 시키는 사람은 이해할 수 있는 선까지만 이해하고 그 선을 넘어가면 한마디 해야 한다. 그 사람이 바뀌길 바라면서 말하는 게 아니라 내 기분을 표현하는 것이다. 선을 넘겼는데도 참으면 결국 나만 괴로워진다.

제일 중요한 마지막은 무례한 사람들의 모든 것을 튕겨내야 한다는 거다. 그들의 행동과 말을 이해하거나 마음에 담아 두는 순간 나만 힘들어진다. 너무 화를 내지도 않고, 너무 받아들이려 하지도 않고, 너무 안쓰러워하지도 않고 그냥 적당한 태도를 보이는 게 가장 좋을지도 모른다.

예의 없는 사람들을 피해 어딘가로 가더라도 그곳에도 무례한 사람들은 있을 것이다. 사람은 쉽게 바뀌지 않는다. 무례한 사람은 더욱더 그렇다. 그들을 바꾸려 하기보다는 나만의 대처법을 만드는 게 나를 더 챙기는 일이다. 누군가는 기억도 못하는 일로 당신의 하루가 망가지지 않길 바란다. 그러기엔 당신이 너무 소중하다.

나만의 바다

티베트에 가보고 싶다. 피라미드도 눈으로 보고 싶고, 고비 사막에서도 며칠 머물고 싶다. 아니면 크로아티아에 가보고 싶다. 이토록 낯설고 먼 곳으로 가고 싶은 건 그곳엔 내가 원하는 무언가가 있지 않을까 싶어서다. 삶의 방향이 한순간에 달라지거나, 오래 해결하지 못한 해답이 어느 서랍에 들어 있을 것만 같아서다.

몽골 사막에서 며칠 머물면 모두 다 바람처럼 씻겨나가지 않을까. 티베트에서 고산병을 겪다 보면 숨처럼 떠오르던 기억들이 가실 것 같다. 아니면 미처 깨달을 수 없었던 삶의 위대한 진리가 어느 해 변에 숨겨져 있을지도. 막상 떠나보면 사실 별거 없다는 걸 안 다. 표현할 수 없는 아름다움이 있고 떠났다는 행복이 있지만 사람 사는 건 다 비슷하다. 어떻게 만들었는지 추측도 할 수 없 는 곳에서 먹고 살기 위해 기념품을 판다. 어느 동네는 그 호객 행위가 상당히 격해서 괴로울 지경이다.

그래도 떠나야 하는 이유는 사람 사는 게 다 똑같다는 걸 눈으로 보기 위해서다. 사람들 다 비슷하게 살지, 라고 생각하 는 것과 지구 반대편의 사람이 나와 비슷하게 살고 있다는 걸 눈으로 보는 건 다르다. 제주의 한 오름에 올랐다가 내가 정말 하찮은 존재라는 걸 깨달았다. 이토록 넓고 위대한 자연 앞에 서 나는 아주 작은 존재였을 뿐이었다. 내가 별 게 아니라는 생 각이 들자 내가 하고 있던 고민과 걱정 들이 과자 부스러기 같 았다. 하늘에서 내려다보면 점보다도 작은 존재가 나인데. 이 렇게 물살이 거세면 흔들릴 수밖에 없는 존재가 나인데. 그렇 게 많은 걱정을 담고 살다니.

외국인들이 한국으로 친구를 초대해 함께 여행을 떠나는 프로그램을 본 적이 있다. 보통 텔레비전을 오래 보지 않는데 끝까지 봤던 건 한 여자 때문이었다. 내륙에 있는 나라에 사는 여자는 바다를 본 적이 한 번도 없다고 했다. 그녀에게 바다는 책과 텔레비전에서 나오는 모습이 전부였다. 한국에 가면 뭐가 가장 좋을 것 같으냐는 질문에 바다를 볼 수 있다는 사실이 가장 설렌다고 답했다.

그녀는 바다를 보기 위해 남쪽으로 향했다. 기차를 타고 가는 동안 다른 일행들은 잠들었지만, 그녀만은 바다 때문인지 창밖만 바라봤다. 그 표정이 아직도 기억난다. 어떤 그림 같았다. '기대'라는 제목을 붙이면 좋을 것 같은. 그녀는 무사히 바다에 도착했다. 수십 장의 사진을 찍었고 오랜 친구들과 함께 여느 저녁처럼 눈시울을 붉혔다. 이제 그녀는 자신의 나라로 돌아가 바다를 보고 왔다고 말할 것이다. 바다가 어떠냐고 물어보는 사람에게 사진을 보여줄 것이고 벅찬 눈망울로 아름다움을 설명해줄 것이다.

되는 일이 하나도 없거나 삶이 너무 퍽퍽하게 느껴진다면 먼 곳으로 가는 비행기표를 끊었으면 한다. 가서 사람 사는 건 모두 비슷하다는 걸 눈으로 보고 왔으면 좋겠다. 시간이 나면 나무가 울창한 숲을 걷고, 단내 나는 바람을 한 모금 하고 싶다면 산에 올랐으면 좋겠다. 내가 별 게 아닌 존재임을 느끼는 동시에 그곳에 잡념을 묻어두고 왔으면 한다. 모든 여행이 비슷하더라도 어딘가에 나만의 바다가 있다고 생각했으면 한다. 실제로 그 어떤 곳에 나를 위한 바다가 없더라도 그런 곳이 하나

쯤은 있을 거라고 생각하며 살아야 한다. 아무런 기대가 없다
면 우린 어디로도 떠날 수가 없다.

나를 알아봐주는 사람

사랑하는 일이 돈이 되지 않을 때의 기분을 아
는 사람과 모르는 사람. 이 둘은 명확하게 나뉜
다. 아침 열 시부터 저녁 일곱 시까지 한 끼도 못
먹고 춤을 추는 사람. 곰팡이가 핀 곳에서 목이
나갈 때까지 핏대를 세우는 사람. 팔을 뻗기도
힘든 공간에서 일 년에 단 하루뿐인 날을 위해
꿈을 키우면서 사는 사람. 조금만 둘러보면 마
음이 찢어지도록 많다.

　오래 알고 지내던 대표님을 만났다. 둘 다 가
진 게 하나도 없던 시절부터 알고 지내던 사이

다. 도움이 필요할 때 별다른 계산 없이 서로를 도왔다. 그리고
또 각자의 삶을 잘 살다 무슨 일이 생기면 다시 만나 힘을 합쳤
다. 그런 의미에서 가족 같았다. 굉장히 조심스럽게 꺼낸 말은
그랬다. 자기네 회사로 와줄 수 있냐는 이야기였다. 이제 시간
이 많이 생길 거고 하고 싶은 것도 많을 텐데 함께 일하면 좋을
것 같다는 이야기였다.

조건은 파격적이었다. 마치 늦은 시간에 마트에서 한바구
니 가득 장을 봤는데 계산할 때 보니 금액이 말도 안 되게 저렴
한 것처럼. 출퇴근시간을 자유롭게 맞춰주겠다고 했다. 원한다
면 근무 일수를 줄이고 원하는 월급을 주겠다고 했다. 오랫동
안 나를 봐오면서 이 정도는 투자할 가치가 있다고 느꼈단다.
가장 먼저 들었던 생각은 고마움이었다. 같이 일을 하든, 하지
않든 이런 제안을 받은 것만으로도 벅찼다.

너무 고민이 돼서 가장 가까운 사람과 며칠 동안 이 이야기
만 했지만 결국 가지 않았다. 내가 선택한 삶을 살기로 했다. 만
약 제안을 받아들였다면 좋은 아파트에서 안정적으로 살 수 있
었을 것이다. 지긋지긋한 불안정한 삶에서 그토록 원하던 평범
한 삶으로의 이사. 일이라는 건 삶에서 빼놓을 수가 없다. 직업
만이라도 안정적으로 바뀐다면 삶이 아주 고요해진다. 그럼에
도 가지 않았던 것은 글을 쓸 수 없을 것 같아서였다.

지금처럼 자유롭게 살아도 글이 안 써질 때가 정말 많다. 단순히 취미가 아니라 글을 쓰는 게 삶이고 삶이 글을 쓰는 것처럼 사는 나에게는 그 상태가 굉장히 괴롭다. 글이 잘 안 써지는 날이면 사랑하는 사람이 떠난 것처럼 괴롭다. 자꾸만 읽고 싶은 글이 써지면 어린이날 선물을 받은 아이처럼 기쁘다. 어떻게 해야 글을 잘 쓸까 고민하는 것도 물론 좋지만 작가에겐 다양한 경험이 더 중요하다고 생각한다. 자유롭게 세상에 던져지기 위해 안정적인 일자리를 선택하지 않았다. 이 모든 선택이 돈이 되지 않더라도 괜찮다. 그냥 내가 좋아서 하는 거니까. 남들이 아무리 이상하다고 할지라도 내게 가장 어울리는 옷이니까.

몇 개월이 지난 지금도 여전히 삶의 많은 것들이 불안하다. 안정적인 삶이 좋은 것인가 모험가의 삶이 좋은 것인가. 함께 일하는 것이 좋은가 혼자 일하는 것이 좋은가. 만족이 중요한가 관심이 더 중요한가. 이토록 많은 것들에 흔들리지만 함께 일하자며 건넸던 눈빛만큼은 여전히 선명하다. 내 가치를 알아주는 사람이 한 명 있다는 사실만으로도 세상은 살 만하다.

열심히 살았던 만큼 자주 우울하고

누군가를 믿었던 만큼 많이 불안해하며 살아가요.

어디 마음 한구석이 멍들었는지 자주 이러더라고요.

그럴 때는 꼭 모든 일이 겹쳐서

작은 일도 버겁게 느껴져요.

이런 날에 잠길 때면 늘 생각하는 게 있어요

내 모든 여정이 아름답지 않아도 씩씩하게 나아가야 한다.

걷고 또 걷다 보면 어느새 삶이 아름다워질 거다.

우린 그 누구도 가보지 못한 풍경 앞에 설 거예요.

아름답지 않은 곳을 지나온 사람만이 가질 수 있는

아름다움이 있거든요.

너는 그랬어. 자주 외로운 사람이었지. 동물을 사랑하지 않으면 살 수 없는 사람. 침묵을 좋아하는 사람. 나는 그랬어. 외로운 게 무엇인지 모른다고 말하며 살았지. 과연 그랬을까. 어려서 몰랐던 걸지도 몰라. 어쩌면 너무 눈앞에 있어서 눈을 감아버렸는지도 모르지. 그래도 사랑은 피난처가 아니었어. 뼛속까지 사람의 온기가 필요할 때면 누군가를 안기보다는 근처를 서성이는 사람이니까. 외로워서 당신을 사랑한 건 아니야.

우리는 흔히 사랑에 대해서 시작만 하면 모든 외로움이 사라질 거라고 착각해. 오래 낫지 않던 감기가 알약 하나로 나을 거라고 기대하는 것과 비슷하지. 아니야. 사랑을 하면 우린 자주 방향을 잃어. 문 앞에 자전거가 하나 있었는데 누나가 어릴 때 산 거야. 사기를 당했어. 아주 비싼 값에 샀거든. 그럴 만한 가치가 있는 자전거는 아니었는데 말이야. 그게 아깝기도 하고 언젠가 탈지도 모른다는 생각에 계속 묶어뒀어. 짐을 나를 때마다 그게 걸리적거려도 말이야. 그렇게 몇 년이 지났지. 어느 날은 도저히 내가 못 참겠어서 누나한테 이야기하고 버렸어. 참 웃기게도 문 앞을 지날 때면 그 걸리적거림이 그리워. 허전하거든.

누군가는 그 자전거를 고쳐서 사랑하는 사람을 만나러 갈지도 몰라. 어쩌면 그가 먹고 싶다고 말한 요리를 가방에 넣고 달려갈지도 모르지. 사랑은 모르는 것투성이야. 몰라서 알고 싶고, 알고 있는 것도 모르게 되는 거야. 네가 외롭지 않게 해주겠다는 말 따위는 못하겠어. 이젠 알거든. 내가 너를 아무리 사랑하고 네가 나를 아무리 사랑해도 우린 외로울 거라는 걸. 어쩌면 외로움이 아니라 고독일지도 모르지만 우린 자주 허전할 거야. 그 외로움이라는 것도 사랑의 한 조각이고 행복한 연인에게도 그림자는 지니까. 다만 내가 약속할 수 있는 건 너를 읽는 사람이 되겠다는 거야. 너의 외로움과 불안함, 때로는 숨 막히는 그 무엇까지도 읽는 사람이 될 거란 약속은 할 수 있어.

좋은 날

사람은 무엇으로 살까. 어떤 것을 가지고 있어
야 삶이 조금 촉촉해질까. 처음 보는 자물쇠가
주어졌을 때 내가 가진 열쇠를 넣기 위해 무엇
을 뿌려야 할까. 가끔 누군가와 나눈 대화를 처
음부터 복기해보는 것도, 이유 없이 오래된 책
상 서랍 속을 열어보는 것도, 다 추억 때문이다.
아무도 없는 집으로 돌아와 신발을 벗자마자 앨
범을 꺼내는 것도 추억 때문이다. 돌아갈 수 없
다는 사실을 알아도 그냥 추억하고 싶은 것이
다. 내가 얼마만큼 왔는지 모르겠을 때, 어느 순

간 삶이 이토록 꼬였을까 싶어서 그냥 뒤를 돌아보고 싶은 것.

올해 스스로가 가장 부끄럽게 느껴졌던 순간은 글쓰기 수업을 진행하던 어느 저녁이었다. 수업 중에 여행 이야기가 나왔는데 나 빼고 모두 유럽 여행을 다녀왔단다. 여행을 다녀오지 않았다고 해서 그게 죄가 되진 않는다. 하지만 그날은 그냥 부끄러웠다. 남들 다 가지고 있는 추억이 나에게는 없는 것 같아서. 나에게 언제가 가장 즐거웠냐고 묻는다면 고등학교 시절이라고 답한다. 물론 그때도 삶이 순탄하진 않았지만, 여전히 선명하게 남아 있는 기억 중 그때가 가장 즐거웠다. 추억할 것이 많았으니까.

반면에 이십 대 초반부터 중반까진 아무런 추억이 없다. 계속 일을 했고 글을 썼다. 내가 가진 문제를 해결하기 위해서 최선을 다했고 태어난 요람에서 벗어나고 싶어서 발버둥 치던 시기였다. 친구들과 계곡을 놀러 간 적도 혼자 가방 하나 들고 유럽으로 떠난 적도 없다. 몇 년이 지나고 나서 추억이 없다는 사실이 그렇게 부끄러워질 줄은 몰랐다. 누구도 나에게 아무런 말을 하지 않았는데 그토록 숨고 싶을 줄이야.

어린 시절 쓰던 물건을 버리지 못하는 것도, 현재를 살아가고 있으면서 자꾸 지난 일을 이야기하는 것도 추억이 떠나지 않았으면 해서다. 그냥 내 곁에 오래 머물렀으면 하는 마음에 자꾸 말하고 또 말하는 건지도 모른다. 이제는 좋은 시간을 갖기 위해 살아간다. 미미하지만 하나둘씩 좋은 날들이 쌓이고 있다. 시간이 아무리 지나도 떠올리면 웃게 되는 기억들. 우리를 살아가게 하는 건 그렇게 좋은 날들이다. 좋은 날을 추억하며 살아가고 그런 날이 올 거라는 기대로 살아간다.

사랑의 시작

**한 시인과 집배원의 이야기를 담은 영화가 있
다. 글을 읽을 줄 아는 사람이 얼마 없는 섬마을
에서 우편배달부는 글을 읽을 줄 안다. 시인에
게 편지를 배달하면서 점점 시를 좋아하게 된
그는 어느 날 시인에게 묻는다.

"은유가 무엇인가요?" 시인은 대답한다. 비
가 내리는 걸 하늘이 운다고 표현하는 거지. 우
편배달부가 그것이 시를 쓸 때 사용하는 거냐고
물어보면서 둘은 몇 마디 더 나눈다. 시간이 흐

** 마이클 래드포드, 「일포스티노The postman」, 1994

르면서 우편배달부는 점점 더 시에 관심을 갖게 되고 시인과 두터운 사이가 된다. 그러던 어느 날, 시인은 전화 인터뷰에서 질문을 하나 받는다. 지금 머무는 섬이 얼마나 아름답냐는 질문이었다. 시인은 대답하지 않고 섬에서 오래 살았던 우편배달부에게 수화기를 넘긴다. 그리고 그는 섬이 얼마나 아름답냐는 질문에 자신이 사랑하는 여자의 이름을 말한다. 베아트리체 루소. 자기가 사랑하는 여자만큼 아름답다는 뜻이었다.

사랑이란 말은 어디서부터 시작된 걸까 고민한 적이 많았다. 아름답다는 말을 가장 먼저 뱉은 사람은 누구이며 세상의 모든 입맞춤은 어디에서 시작됐을까. 배우지 않아도 사람들은 사랑을 말하고 입을 맞춘다. 그 시작이 어딜까. 사랑의 어원이 '샤랑'이라든가, 그립다는 말은 '그리다'라는 동사에서 파생됐다든가 하는 이야기 말고 정말 그 시작을 알고 싶었다.

아마도 당신과 내가 처음 봤을 때, 먼저 느낀 사람이 사랑을 말하지 않았을까. 언어가 없는 시절에는 문을 열고 들어온 당신을 보고 어쩔 줄 몰라서 그냥 웃었을 것이다. 하지만 웃음으로도 표현이 안 돼서 목이 터질 것처럼 가득 차다가 튀어나온 말, '사랑해'. 당신과 내가 조금이라도 섞였으면 좋겠는데 표현할 수가 없어서 심장이 터질 것 같을 때 입을 맞췄을 것이다.

언젠가 당신에게 마음을 전하는 날이 올지도 모르겠다. 지구 한 바퀴를 돌아 어느 모퉁이에서 만나는 날, 나는 언어가 없던 시절을 살던 사람처럼 발을 구를 것이다. 그러다 당신처럼 환하게 웃으며 말할 것이다. 어떤 섬보다 당신이 더 아름답다고. 자신이 가진 언어의 한계보다 아름다운 사람을 보면 비유가 시작된다. 사랑은 어떤 학습이 없어도 마음에 해일이 일면 시작된다. 그렇게 시작된다.

긴 여행에서 돌아온 날

삼 개월마다 맡던 냄새가 났다.

그릇에 담긴 당신의 스물자

나의 서른이 다르지 않다며

눈만 껌뻑껌뻑

가방을 내려놓기도 전에

창문부터 열어젖혔다

당신은 바람이 달다며 웃었고

나는 가만히 울었다

당신이라는 여행

여행을 좋아한다. 아마 여행을 좋아하지 않는
사람이 있을까 싶지만 말이다. 시작은 사랑처럼
문득이었다. 문득 떠올라서 당신을 알고 싶었던
것처럼, 문득 짐을 싸고 싶어서 떠나게 된 것이
다. 가까운 곳은 가깝다는 이유로 먼 곳은 멀다
는 이유로 떠나고 싶었다. 여행은 내게 그랬다.
지난 과거를 보상받는 유일한 길이었으며 보이
지 않는 미래를 잠시나마 잊을 수 있는 아늑한
품이었다. 모든 것의 이유였다. 또 그럴 때 있지
않은가. 안정적인 삶이 주는 편안함보다 오래

묵혀둔 여행가방을 꺼낼 때 나는 먼지 한 줌이 더 달큼할 것 같은 기분.

모든 여행이 서툴렀다. 경주에 갈 땐 티셔츠 하나를 두고 갔고, 열 시간이 걸려 날아간 곳은 책을 너무 많이 가져가서 가방을 버리고 싶었다. 기억나는 모든 시간 동안 예술을 하겠다고 살았으니 그럴 만도 했다. 떠나본 적이 많이 없었다. 떠날 거라는 예감도 없었다. 가보지 않은 곳을 미리 그려볼 재주 또한 없었다.

나의 부족함이 눈에 보였을 땐 그것에 사로잡혀 살았다. 저 물건을 두고 왔다면 좀 편했을 텐데. 가방 한구석에 두고 온 물건이 들어 있다면 조금 더 마음이 편했을 텐데. 잊어버리고 그냥 걸으면 될 것을 오래 간직하고 있는 나는 미련한 사람이다. 한 여행이 끝나면 돌아가 짐을 풀고 몸을 물에 적시면서 늘 생각했다. 다음번엔 조금 더 많은 곳을 봐야지. 다음번에는 잊지 말아야지.

그렇게 다시 떠난 여행에서도 또 잊어버리고 또 설익어버린다. 아마 짐을 가득 챙긴다고 해서 더 나아지지 않을 것이다. 여행이니까. 같은 곳에 다시 간대도 같은 기분을 느끼진 못할 것이다. 여행이니까. 누군가 그랬다. 사랑과 여행이 참 닮았다고. 서툴러서 좋았던, 없어서 가득 찼던 당신이 내 여행이었다.

117

완벽한 실패

한 사람이 있었습니다. 그 사람의 가장 큰 고민
은 시작이었어요. 해보고 싶은 일이 있었는데
자주 방 안에 있었습니다. 신경 쓸 게 많았을 거
예요. 주변 사람들의 시선, 부모님의 기대도요.
자신이 잘할 수 있을지 끊임없이 의심했을 거고
상황이 그쯤 되면 안개가 가득 꼈을 겁니다. 모
든 게 두려워서 방 안에 있는 게 더 낫겠다고 생
각했는지도 모르겠습니다.

　이건 꿈에만 해당하는 말이 아니에요. 사랑
도 비슷해요. 우린 어떤 선택을 내리기 전에 항

상 고민하죠. 단순한 고민이라면 괜찮아요. 어떤 망설임도 없는 사람은 흔하지 않으니까요. 다만 고민이 깊어지는 건 이야기가 달라요. 먹고살 수 있을까. 이 사람과 함께하면 아프진 않을까. 혹시 내 길이 아니면 어떡하지? 하면서 말이에요. 중요한 건 고민하는 동안에도 시간은 계속 흐른다는 거예요.

흔히 사람들은 무언가 이루지 못했을 때를 실패라고 불러요. 과연 세상에 완벽한 실패가 있을까요? 만약 바닷가에서 모래성을 만든다고 생각해봐요. 꽤 모양을 갖췄는데 갑자기 파도가 쳤어요. 모든 모래가 한순간에 무너졌죠. 그럼 우린 실패한 걸까요? 아니에요. 웃었잖아요. 잠시라도 아무 생각 없이 모래만 만질 수 있었잖아요. 그것 또한 값진 거예요.

삶을 하나의 작품이라고 본다면 깨진 조각 중에 한두 개를 들고 다시 살아가면 됩니다. 다시 깨진다면 그 파편 속에서 또 한두 조각을 주머니에 넣고 살아가면 돼요. 그렇게 모은 조각으로 세상에 없던 작품을 만들어내면 됩니다. 아무것도 깨지지 않으면 우린 조각을 모을 수가 없어요. 그렇지 않고 만들 수 있는 건 이미 세상에 넘치는 것이겠죠. 고민이 길어지는 동안에도 시간은 흘러가게 마련이니 삶도 사랑도 너무 많이 고민하지 않았으면 좋겠어요. 그 길이 맞는지 아닌지 아는 방법은 직접 앞에 가보는 것뿐이니까요.

모르고 살았던 것들

많이 모른다는 생각을 했다. 알고 있다고 생각
했던 것들이 알고 있는 게 아닐지도 모른다는
생각. 세상은 수학과 달라서 더한다고 더해지는
것도 아닐 텐데, 많은 것을 알고 있다고 생각하
며 살았던 것 같다.

조카를 보러 가기 위해 아버지와 집을 나섰
다. 아직은 내가 나이를 덜 먹었는지 자주 부딪
힐 때가 많다. 가장 많이 부딪힐 때는 집안에 어
떤 행사가 있거나 운전을 하는 날이다. 운전한
지 꽤 오래됐는데도 언제나 걱정하신다. 너무

빨리 달린다고 잔소리를 하시거나 양쪽 차선으로 가면 벽에 부딪힐 것 같으니 가운데로 가라고 하신다.

마음 아픈 건 이런 이야기들을 쉽게 말씀하지 못하신다는 거다. 이제는 아버지보다 내가 더 경제력이 있고 힘도 훨씬 세다. 예전에는 모르는 게 많아서 항상 물어봤는데 이제는 내게 많은 것들을 물어보신다. 교통카드는 어떻게 충전하는지. 음악을 받고 싶은데 어떻게 해야 하는지. 내가 혹시 아버지에게 너무 불친절했던 건 아닐까. 아니면 이조차도 짐이라고 생각하시는 걸까. 이야기를 꺼낼 때마다 점점 더 내 눈치를 보신다.

그날은 다투고 싶지 않아서 천천히 운전했다. 길이 많이 좋아져서 그래도 금방 간다고, 누나가 근처에 살아서 좋지 않느냐는 이야기를 했다. 그러다 아버지가 어릴 때 살던 곳이 지금 누나가 사는 곳이랑 같은 동네라는 사실을 알게 됐다. 그땐 길이 너무 안 좋아서 고등학교까지 버스를 타면 한 시간 반이 걸렸단다. 지금은 다 도로가 됐지만, 그땐 언덕이 많아서 눈이 많이 오는 날이면 학교에 못 가셨단다. 원래는 다른 고등학교에 가고 싶었는데 합격하지 못하자 엄마가, 엄마가 지금 나온 고등학교로 원서를 넣으셨단다. 나의 아빠가 말하는 엄마라는 소리가 얼마나 낯설고 슬프던지.

아빠는 언제부터 아빠였을까. 아빠는 아빠가 될 거라는 걸 알고 있었을까. 엄마는 처음부터 엄마였을까. 엄마는 언제부터 요리를 잘했을까. 엄마는 처음부터 그렇게 나와 잘 놀아주는 사람으로 태어났을까. 어릴 때 강에 놀러 간 적이 있는데 그 넓은 강가에 아빠가 돌을 하나씩 날라서 누나와 나를 위한 풀장을 만들어줬다. 아빠는 돌 나르는 방법을 할아버지한테 배웠을까. 엄마는 숙제하다가 이해가 안 되는 것을 물어보면 빨래를 널다가도 친절하게 알려주었는데, 어떤 책에서 배운 걸까. 혹시, 아빠는 내가 아빠를 미워하던 시절의 그 마음을 이미 알고 있었을까.

부끄러워서 고개를 들 수가 없었다. 만약 종이 하나를 주고 사랑하는 사람들에 대해서 적으라고 한다면 한 페이지도 채우지 못할 것 같았다. 나는 무엇을 알고 있다고 생각하고 살았을까. 이렇게 한마디만 해도 이야기가 쏟아져 나오는데 왜 나는 그토록 아무것도 묻지 않았을까. 오늘은 사랑하는 사람들에게 질문을 할까 한다. 그렇게 들려오는 이야기들을 차곡차곡 적어 내려가고 싶다.

그 노래 알지? 앞부분이 좋다며 제목을 물어봤던 노래.

당신은 오르간 소리라고 했고

나는 피아노 소리라고 우기던 노래 말이야.

우리가 눈을 마주쳤을 때 꿈결 같았어. 빗줄기가

그칠 때까지 같은 노래를 들었고 입도 두어 번 마주쳤지.

당신 볼이 발개지는 게 그게 그렇게 좋아서

단맛이 퍼질 때까지 입을 맞췄어.

그 노래, 오늘 다시 들었는데 별로더라고.

다른 음악을 들었는데 그것도 별로더라고.

당신이 없어서야. 당신 아니면 사는 재미가 없어.

이리와, 같이 듣자. 당신이 내 노래야.

12월의 삿포로

오전 9시, 삿포로에 있는 한 카페에 앉아 있다. 눈을 보러 온 건데 카페가 마음에 들어서 눌러앉아버렸다. 이틀 예약했던 호텔을 한참 더 연장했다. 이유는 하나, 이곳과 가까워서였다. 일요일에 출발한 여행은 하루 전날 표를 끊었고 그날 짐을 싸고 아침에 환전했다. 나에게 있어서 여행이란 하나의 표현과도 같다. 잘 지내고 있다고 세상에게 말하는 어떤 중얼거림에 가깝다.

이별이 두려워 자꾸 사랑을 피하다 영영 사랑하지 못하게 되는 일만큼이나 무서운 건 시야가 좁아지는 거다. 나의 세계가 편협해지고 생각이 딱딱하게 굳는 것. 경험한 대로 사람을 함부로 판단하며 많은 것을 허락하지 않는 고집 센 사람. 그렇게 늙어가긴 싫어서 떠난다. 비행기 안에서 엄청난 양의 귤을 가져온 사람을 봤다. 그걸 먹느라 안전벨트를 매달라는 승무원의 말도 듣지 않던 사람. 그 사람을 보면서 어떻게 멀리 떠나는데 귤을 저렇게 많이 가져올 수 있을까 싶다가 추운 나라에 가면서 옷은 한 벌 챙기고 책만 여러 권 챙기는 나 같은 놈이 누굴 뭐라 할 수 있을까 싶은 거다.

그렇게 도착한 공항에서 기차를 탔는데 이번엔 다들 표를 좌석 앞에 꽂아두었다. 승무원이 보여달라고 하기 전에 미리 준비하는 거였다. 그 모습을 보면서 굳이 주머니에 많은 걸 넣고 살지 않아도 되겠단 생각을 했다. 이렇게 계속 떠나면서 내가 가진 낡은 생각과 세상의 새것을 바꾸고 싶다. 그리하여 조금이라도 좋은 사람이 될 수 있다면 더는 바랄 게 없다.

산다는 건 여행과도 같다. 어느 것 하나 마음먹은 대로 되는 일이 없다. 그럼에도 살아갈 수 있는 건 행복이 곳곳에 있기 때문이다. 숙소를 못 찾아서 무거운 가방을 메고 종일 걸어도 맛있는 저녁을 먹으면 이게 여행이지, 라고 말하지 않는가. 우리 삶도 별반 다를 게 없다. 매일 출근하고 매일 등교하고 그렇게 많은 걱정과 불안을 안고 살지만 좋은 순간을 한 번 맞이하면 다시 살아갈 힘이 생긴다. 사실 내가 할 수 있는 게 그렇게 많지 않다는 것 또한 여행을 통해 알게 됐다. 아무리 준비를 많이 한다고 한들 무슨 일이 생길 수밖에 없는 게 사는 거니까. 어쩌면 잘 살아가는 사람은 문제를 맞이했을 때 유연하게 대처하는 사람이 아닐까. 자신의 인생을 잘 수정하는 사람.

내 사랑은 지금 어디쯤 여행하고 있을까. 사랑에 많은 실패를 겪었지만 다행인 건 한 사람만 찾으면 된다는 거다. 평생 함께 살고 싶은 한 사람. 살림을 차려서 하나둘 같이 채워나가고 싶은 사람을 단 한 명만 찾으면 된다. 그 사실 하나로 사랑을 여행하는 것을 조금 덜 두려워하기로 했다. 공항에선 사랑했던 사람 생각도 났다. 이륙할 때 무섭다며 손을 꼭 잡던, 그 모습을 한참이나 바라본 탓에 여행은 끝났어도 눈을 감으면 옆모습이 오래 자국처럼 남던 사람.

계속해서 떠나고 싶다. 사랑을 찾으러, 작별을 숨기러, 내가 가진 것을 버리러 말이다. 이쯤 되면 여행은 더는 여행이 아니라는 생각이 든다. 삶. 사랑. 작별. 도망. 여행의 또 다른 이름들.

이별이 무서운 이유

사랑을 쉽게 시작하지 않는 편이다. 어떤 사람
과 친해지는 것도 마찬가지다. 사실 늘 이렇게
다짐하지만 지키지 못할 때가 많다. 사랑을 하
는 것도 사람을 만나는 것도 마음이 하는 일이
라서 그렇다. 아무리 머리로 수십 번 계획을 세
워도 마음을 이기는 건 쉽지 않다. 낯익은 사람
을 좋아하고 어떤 가까워짐을 무서워하는 건 이
별로 인한 아픔이 길게 남아서 그렇다. 아무리
많이 겪어도 여전히 힘든 게 헤어지는 거다.
　　오히려 사물에는 좀 관대한 편이다. 자동차

127

를 애지중지해서 매일 닦는다든가 새로 산 신발이 더러워질까봐 조심히 걷는 성격은 아니다. 하지만 중학생 때 떠나보낸 강아지는 아직도 기억난다. 머리를 쓰다듬었을 때 느껴지던 털의 뻣뻣함. 마당에 있는 게 답답해 보여서 잠깐 풀어줬더니 어디밭을 뛰어다니다가 온통 도깨비풀을 붙이고 와서 놀라게 하던 기억. 중학교 때부터 친하게 지낸 친구와 어느 날 멀어지게 됐을 때, 우리 집 앞으로 찾아와 울면서 나쁜 놈이라고 말하던 오후. 오래 만나던 사람과의 약속이 한 번 닫은 문으로 끝나버리던 그날.

모든 것들을 잊기 위해 달려야 했고 글을 써야만 했다. 커피를 달고 살아야 했으며 가끔 어떤 기억이 선명하게 떠오를 때면 몸을 적시거나 노래를 불러야만 했다. 그래도 지워지지 않는 이별의 기억들이 이토록 많다. 세상에는 여러 감정이 있는데 그중에 가장 위대한 감정은 사랑인 것 같다. 그래서 그토록 많은 노래가 사랑을 이야기하고 다른 감정보다 사랑 때문에 울고 웃는 사람이 많은 것 같다.

사랑이 끝나면 마음에 구멍이 하나 생긴다. 그 구멍은 떠난 사람과 똑같이 생겨서 그 사람이 아니면 무엇으로 메워도 결국 빈 곳이 생긴다. 심지어 다시 그 사람이 돌아온다고 한들 한 번 움직였던 자리라 틈이 생긴다. 어떻게든 마음 아픈 곳이 생긴다. 그래서 이별이 무섭다. 다시 시작하지도, 완벽히 지울 수도 없으니까.

완벽한 이해

"이제 알 것 같아. 정말 몰랐는데 이젠 모두 알 것 같아." 내가 쓴 글 하나를 읽자 오래도록 알 수 없던 질문이 해결됐단다. 내가 어떤 사람인지 내게 무슨 상처가 있고 무엇을 두려워하는지 이제 모두 알 것 같다는 말이었다. 그 사람은 정말 나를 완벽하게 알게 된 것일까.

우리는 타인을 얼마나 이해할 수 있을까. 나 자신은 얼마나 이해할 수 있을까. 나는 물들기 쉬운 사람이라고 생각했는데 어떤 날은 전혀 물들지 않고 내가 가진 색깔로만 사는 모습을 보왔다. 나는 그럼 명확한 색을 가진 사람인데 가끔 물드는 것일까. 나도 나를 잘 모르겠다.

지금도 끊임없이 내 안의 자아가 서로 싸운다. 경주에 놀러 갔을 땐 사찰 근처에 집을 하나 얻고 싶었다. 제주에 내려갔을 땐 바닷가 근처에 작업실을 얻고 싶었고, 고개를 들어 올려야만 하는 도시를 지날 땐 꼭대기에 살아보고 싶었다. 새벽에 창문을 열었는데 도시가 다 내려다보인다면 무슨 기분일지 궁금했다. 아주 좋은 차를 타고 도로를 달리고 싶기도 하고, 낡은 자전거를 하나 사서 논길을 달리고 싶기도 하다. 나란 사람은 이토록 복잡하다. 나도 나를 잘 모르겠는데 누가 나를 완벽하게 안다고 말할 수 있을까.

lauv

/ paris in the rain /

우연한 기회로 광화문에서 전시를 했던 적이 있
다. 문학 관련 전시회도 많았으면 좋겠다고 생
각했는데 내게 그 기회가 주어졌다. 한 번도 해
보지 않은 일이라 방황했는데 큐레이터님께서
많이 도와주셨다. 몇 번이나 설명을 들었지만,
도무지 어떻게 해야 하는지 감이 잡히지 않았
다. 그보다 더 큰 문제가 있었는데 같이 전시를
하기로 한 사람들과의 첫 모임이었다.

아쉽게도 여행을 가 있던 바람에 첫 모임에
참석하지 못했다. 낯을 많이 가리는 성격 탓에

어떤 계기가 있어야 마음을 연다. 그렇지 않으면 오래 마음을 닫는다. 나조차도 예측할 수 없다. 눈이 마주쳐서 마음이 열릴 수도, 웃음이 해맑아서 같이 있고 싶을 수도 있다. 나란 사람은 이토록 심보가 못돼서 누군가와 가까워지기 위해 다가간 적이 그리 많지 않다. 외로운 게 익숙해서일까. 혼자 지내는 게 낯설지 않다.

오래 보아야 할 것이고 같이 작업도 해야 할 텐데, 첫 만남을 계기로 가까워지고 싶었다. 여행에서 돌아온 뒤 여행자 특유의 그을림을 가리기 위해 최대한 말끔한 옷을 입고 두 번째 만남에 참석했다. 아니나 다를까. 이미 한 번 만나서 뒤풀이까지 가진 사람들은 꽤 가까워져 있었다. 지인들끼리 모여서 참석한 팀도 있어서 친한 그룹이 이미 형성돼 있었다.

이방인이었던 내 첫 소개를 어떻게 했는지 기억도 나지 않는다. 어쩌면 기억하기 싫어서 뇌에서 지워버린 걸 수도 있다. 간단한 만남이 끝나고 실제 전시를 할 공간에서 다시 모이기로 했다. 수고하셨다는 말을 건네고 음악을 들으며 걸었다. 지하철 계단과 광화문 일대를 걸으며 불편한 사람들과 함께하기보다는 혼자가 편하다는 이기적인 생각을 했다. 다가가본 적도 그리 많이 없으면서.

생각이 많아서였는지 지름길이 있어서였는지 다들 나보다

먼저 도착해 자리를 고르고 있었다. 그 틈에서 아무 말 없이 그저 걸었다. 그때 한 남자가 내게 수줍게 말을 건넸다.

"안녕하세요. 아까 이야기 잘 들었어요. 뵙고 싶었는데 첫 모임에 못 오셔서⋯⋯."

내게 말을 건네준 작가님들은 평범한 사람의 자서전을 만들어주는 사람들이었다. 아무런 대가를 바라지도 않고 취재까지 하며 자서전을 만들고 있었다. 그분들뿐만 아니라 모두 멋있는 사람들이었다. 어머님이 바느질을 하셨다는 한 분은 실을 엮어 인연에 대한 작품을 만들었다고 했다. 안녕하세요, 라는 말이 그렇게 따뜻하다는 걸 알게 되고 나서야, 먼저 인사를 건네며 작업에 관해 물어볼 수 있었다.

전시는 잘 끝났다. 한 번 얼굴을 보고 나니 두 번째 모임은 수월했다. 설치하는 날에는 동료들이 자기 일처럼 도와줬고 물건이 없을 땐 다른 팀에게 빌려가면서 작업했다. 한 어르신께서는 전기를 잘 모르는 우리를 위해 짧은 강의까지 열어주셨다. 떨려서 며칠 밤을 뒤척이던 독자와의 만남도 잘 마무리했다.

전시는 내게 새로운 경험이었다. 내 글을 읽으러 와준 사람들을 뒤에서 바라보는 일. 처음 뵙는 백발의 교수님께 들은 이야기와 내가 쓴 글을 읽고 눈물을 보여주시던 분. 삶이 버거울 때마다 꺼내볼 수 있는 기억이 가득 쌓였다. 더 좋았던 것은 잊고 있던 기억이 떠오르고 몰랐던 것을 알게 됐다는 거다.

광화문 근처 아주 넓은 카페에서 한때 무언가를 준비하던 시절이 있었다는 것. 이 근처를 지나 한 사람을 만나러 서울역으로 가던 날이 있었다는 것. 익숙한 길에서 조금만 지나면 도심 한복판에 사람이 걸어 다닐 수 있는 멋진 터널이 나온다는 것도 알게 됐다. 한참이 지난 지금까지도 가장 선명하게 생각나는 건 좋은 사람을 만나려면 내가 먼저 다가가야 한다는 사실이다.

마르쉐

한 외국인 친구를 알았다. 이름은 마르쉐. 내가
나온 고등학교 원어민 선생님이었는데 졸업한
뒤에 우연히 친해졌다. 호기 좋게 한국어를 알
려주는 사람이 있냐고 물었더니 없단다. 한국어
를 알려줄 테니 나에게 영어를 가르쳐달라고 했
다. 그렇게 우린 서로의 선생님이 됐다. 물론 지
금은 연락하지 않는다. 어렸던 시절의 내가 무
슨 실수를 했나 보다. 그쪽 문화에 맞지 않는 무
슨 실수라도 한 건지 연락이 뚝 끊겼다.

　한창 자주 볼 때 점심을 먹고 아파트 단지를

걸은 적이 있다. 곧 수능을 볼 시기라 자연스럽게 그 이야기를
했다. 한국 학생들은 열아홉 살이 되면 시험을 봐. 일 년에 한
번 있는 시험인데 그걸로 대학을 선택하게 되지. 그래서 아이
들은 수능이 끝나고 아파트나 육교에서 뛰어내리는 경우도 많
아. 시험을 잘 못 보면 인생이 끝난 것처럼 느껴지거든. 마르쉐
의 눈이 얼굴을 덮을 듯 커졌다.

아주 어릴 땐 별 걱정이 없지만 중고등학교를 거치면서 우
리의 모든 초점은 대학으로 맞춰진다. 좋은 대학, 내가 갈 수 있
는 선에서 가장 높은 학교에 가야 한다는 생각으로 산다. 그래
서 시험을 잘 못 보면 자신의 삶 자체가 실패한 것처럼 느껴지
고, 대학을 가지 않으면 문제 있는 삶을 사는 것처럼 느껴진다.
문제는 대학에 들어간 뒤에도 방황을 한다는 거다. 가장 큰 목
적은 대학교에 가는 거였는데 그게 충족되면 목표가 사라진다.

성인이 되면 끝날 줄 알았던 걱정들은 교복을 벗어도 끝나
지 않는다. 대학만 가면 모든 게 해결될 줄 알았지만 착각이다.
학점, 꿈, 취업, 결혼처럼 굵직한 일들과 가까웠던 사람과 이유
없이 멀어지고, 당연하다고 생각했던 게 당연해지지 않는 온갖
잔가지 문제들까지. 우리 삶에는 이렇게 늘 파도가 친다.

대학에 안 갔다고 세상이 무너지지 않는다. 학점 조금 못
받았다고 죄인이 되는 건 아니다. 남들보다 결혼이 늦거나 돈

을 많이 벌지 않는다고 삶이 실패한 건 아니다. 신발이 젖는다고 절망하지 않았으면 한다. 파도가 온몸을 덮쳐 미열을 앓더라도 얽매이지 않았으면 한다. 삶의 문제는 끝없이 주어질 테지만 우리는 늘 그랬듯 잘 이겨낼 것이다.

사람 사이가 그렇더라. 영원히 함께할 것 같던 사람과

한순간에 멀어지기도 하고 예상하지 못했던 사람과

마주 앉아 밥을 먹게 되기도 한다.

꼭 누가 잘못하지 않아도 자연스레 멀어지기도 하고

아무런 신호 없이 누군가 곁에 있어주기도 한다.

떠나가고 다가오는 사람에 너무 연연하지 않기로 한다.

누구와 스치고 누구와 만나든

내가 나라는 사실만은 변하지 않으니까.

약속

오랜만에 연극을 봤다. 한두 달에 한 번은 연극을 본다. 영화는 이 주에 한 번 정도. 이상하게 노트북으로 보면 집중이 안 돼서 직접 찾아가서 보는 편이다. 이번에 본 건 「돌아서서 떠나라」라는 연극이었다. 영화 「약속」을 바탕으로 만들었다. 의사와 조폭의 이야기를 담은 작품이다. 신기하게도 연극 내에서 실제로 담배를 피우는 장면이 나온다. 배우도 단 두 명밖에 나오지 않는다.

　내용은 이렇다. 상처를 입어 병원에 실려 온

남자 주인공의 얼굴과 몸은 붕대투성이다. 칼을 일곱 군데나 찔렀다. 주인공을 치료한 의사는 어디서든 당찬 모습이다. 실밥이 아물 때까지 움직이지 말라는 이야기를 굉장히 퉁명스럽게 하는 그런 사람. 그러던 어느 날 의사가 실수를 한다. 차트를 잘못 보고 다른 주사를 놓은 것이다. 그 의사는 고소해도 되고 병원 측에 배상을 요구하거나 항의해도 된다며 정말 죄송하다는 말을 한다. 그때 남자 주인공이 스타킹에 구멍 난 거 알아요? 하고 엉뚱한 말을 한다.

그러던 둘 사이에 붕대를 풀다가 작은 불씨가 생긴다. 조폭의 눈을 본 의사는 아이 같은 표정으로 동료에게 말한다. "언니, 난 깡패 두목이면 굉장히 우락부락하고 거지같이 생겼을 줄 알았거든? 근데 그게 아니더라. 눈빛이 아주 청초해." 그렇게 서로에게 이성의 감정을 느끼던 둘은 결국 사랑을 시작한다. 뒤에 내용은 우리가 흔히 생각하는 그 이야기가 맞다. 조폭 생활을 정리했으면 좋겠다. 우리가 함께 살았으면 좋겠다. 하지만 그렇게 흘러가지 않는 그런 이야기.

많은 연극을 봤지만, 글을 쓰는 지금도 마음이 저릿하다. 중간에 그런 장면이 나온다. 갑자기 사라진 남자가 오랜 시간이 지나 여자를 찾아온다. 밥도 같이 먹고, 떠나지 말라는 이야기도, 같이 도망가자는 말도 한다. 그때 여자가 말한다.

"나에게 저녁을 먹자고 했던 날, 차에 올라타면서 그 생각을 했다. 내가 이 차에 올라타면 가슴 아플 일이 참 많을 것 같은데……."

여자는 결국 차를 탔다. 그리고 예상했던 것처럼 가슴 아픈 일이 무척이나 많이 생겼다. 우리가 함께한다면 정말 행복할 것 같다며 시작하는 사랑도 있지만 아플 걸 알면서 시작하는 사랑도 있다. 나에게는 아플 걸 알면서도 시작하는 사랑이 더 절절하다. 좋은 건 누구와도 함께할 수 있다. 마음 아픈 일을 죽어도 겪기 싫어하는 사람이라는 존재가 자신이 아플 걸 알면서도 시작한다면 그걸 무엇이라고 말하겠는가. 내가 많이 울 거라는 걸 알면서도 문을 여는 것. 나는 그걸 사랑이라 부른다.

당신의 우울

친누나와 같이 카페를 운영했다. 커피를 전공했
던 누나가 대회를 준비하는 것도 자격증을 따겠
다고 해외를 나가는 것도 지켜봤다. 그러던 어
느 날 전화 한 통이 왔다. 동네에 작은 카페를 차
려보자는 이야기였다. 그때 둘 다 이십 대 초중
반이었는데 나는 음악을 하면서 학원 강사로 일
하고 있었고 누나는 커피 회사에서 일을 하고
있을 때였다. 누나의 꿈을 도와주고 싶은 마음
에 학원을 그만두고 누나의 이름을 따서 카페를
차렸다. 커피는 누나가 잘하니까 별걱정이 없었

다. 그때의 나에겐 남아도는 게 체력밖에 없어서 무엇이든 잘할 수 있을 것 같았다.

카페를 차리기로 마음먹고 상권을 분석하겠다고 아침 6시에 나가서 9시까지 버스 정류장에 서 있었다. 우리 동네로 들어오는 사람이 몇 명이고 나가는 사람이 몇 명인지, 어느 시간대에 사람이 많이 움직이는지를 확인했다. 아날로그적인 접근이지만 나름 나쁘지 않은 분석 같았다. 우리는 그렇게 카페 오픈 시간을 오전 8시로 정했다. 버스 정류장으로 나가는 사람들을 잡기 위한 전략이었다. 결론부터 말하자면 손님을 모으는 건 실패했다. 대신 엄청난 피곤함을 얻었다. 그때가 지금으로부터 한 7년 전이었는데 로스터리 카페도 많지 않은 시절이었다. 심지어 우리 동네는 완벽한 시골이라 사람들이 커피를 사 먹는 것도, 게다가 아침 출근길에 무언가를 사 먹는 행위 자체는 더 관심 없었다.

아침 8시에 문을 열고 누나랑 맛있게 샌드위치를 만들어 먹었다. 학교 가는 친구들이 가게에 들러서 부끄러움 많은 나를 대신해 전단지를 돌려주기도 했다. 아침 8시에 출근해서 로스팅까지 마치고 새벽 2시에 퇴근하기를 몇 개월 반복했을까. 슬슬 입소문이 퍼지기 시작했고 조금씩 자리를 잡았다. 그렇게 7년 넘게 운영할 수 있었다. 덕분에 밥 굶지 않고 예술을 할 수 있었고 누나의 꿈도 이룰 수 있게 됐다. 생에 몇 안 되는 소중한 시간이었다.

말이 좋아 사장님이지 사실상 들여다보면 그냥 장사다. 음식을 만들고 고기를 굽는 것처럼 판매하는 물성이 커피일 뿐이다. 겉보기엔 좋아 보인다. 말끔하게 셔츠를 입고 차분하게 커피를 만드니까. 커피를 만드는 것과 카페를 운영하는 건 엄연히 다르다. 카페를 차리고 힘든 일이 참 많았지만 가장 힘들었던 건 내 시간이 없다는 거였다. 자영업이 그게 힘들다. 퇴근이라는 게 딱히 정해져 있지 않고 일과 일상이 분리되지 않기 때문에 더 시간이 없다. 새벽 두 시에 누나랑 퇴근하고 같이 집에 들어가면 우리 둘은 완전히 다른 행동을 취했다.

누나는 누구보다 빠르게 샤워를 하고 잘 준비를 했다. 나는 집에 가자마자 웃통을 벗고 반쯤 풀린 눈으로 거실에서 팔굽혀펴기를 하거나 음악을 듣거나 글을 썼다. 그때마다 누나는 말했다.

"얼른 좀 쉬어."

나는 그게 쉬는 거였다. 잠을 자면서 쉬는 것보다 내 시간을 보내는 게 훨씬 더 좋았다. 시간이 많이 흘러 누나는 결혼을 했고 카페를 떠났다. 여전히 나는 할 일이 많아 아침부터 새벽까지 일만 하는 경우가 많다. 남들보다 한참 늦게 하루가 끝날 때면 이상하게 우울할 때가 많았다. 몸을 너무 혹사시켜서인지 갑자기 의욕도 없고 무기력해질 때가 많았다. 아니면 어떤 이유도 없이 자연스럽게 그런 감정이 찾아올 때도 있었다.

기운 없는 감정이 찾아올 때면 그때의 환경이나 기분에서 벗어나야 한다. 만약 자는 것보다 다른 것으로부터 얻는 에너지가 크다면 비가 오니까, 시간이 너무 늦었으니까, 내일 출근하니까라는 많은 이유는 접어두고 좋아하는 무언가를 했으면 좋겠다. 이유 없이 무기력하고 우울한 건 잠을 자지 못해서가 아니라 나를 위한 시간이 없어서 그럴 때가 많다. 몸은 조금 더 피곤할지라도 나에게 필요한 시간을 보내고 하루를 마무리하면 기분이 조금 나아질 것이다. 그렇게 당신의 우울함이 금방 떠나갔으면 한다.

나에게 친절하지 못했던 시간

damien rice

/ cold water /

에스프레소 한 잔을 빠르게 비우고 생각했다.
잠이 깨지 않는데 한 잔 더 마실까. 덜컥 주문을
하지 못하고 있다. 이게 사치처럼 느껴진다. 두
잔 해봐야 만 원도 안 하는데 이건 통장 잔고가
얼마나 있느냐의 문제는 아닌 것 같다. 내가 나
에게 얼마나 불친절한가의 문제다.

며칠 전에 좋은 일이 있어서 선물을 사러 갔
다. 원래는 하나만 사려고 했는데 좋은 것을 보
니까 생각나는 사람이 너무 많아서 네 개나 사
버렸다. 그때 마음에 들던 니트를 하나 봤는데

사지 않았다. 그 가격이 나에게는 사치처럼 느껴졌다. 얼마든지 살 수도 있었지만, 그 대상이 나였기 때문에 사지 않았다.

나와 타인을 적절히 사랑하는 사람. 타인을 위해서만 사는 사람. 사랑하는 사람들이 좋아하는 모습을 보면서 행복해하는 사람. 자신의 만족이 절대적으로 우선인 사람. 아무런 미련과 어떤 책임도 갖지 않고 사는 사람. 나는 어떤 유형에 속할까. 예전엔 주는 걸 좋아하는 사람이라고 생각했는데 어쩌면 내 욕구일지도 모른다는 생각을 한다. 사랑하는 사람의 미소를 보고 행복한 것도 있지만 그들에게 무언가를 준다는 내 욕구가 더 크게 작용하는 걸지도 모른다.

평생을 살아도 내가 어떤 사람인지 정확히 알 수는 없을 것 같다. 그래도 확실한 건 나에게 불친절한 시간이 많았다는 거다. 환경에서 비롯된 걸 수도 있고 아니면 오래 굳어진 습관이었을지도 모른다. 나는 그래도 잘못하면 잘못했다고 말하고 사랑하면 사랑한다고 말하는 사람이고 싶다.

나를 잊고 살았던 시간들에 대해 사과하고 싶다. 좋은 추억을 만들어주지 못한 것도, 몸을 혹사시킨 것도 모두 미안하다. 많은 것을 가지기 위해, 많은 것을 이해하기 위해 나를 버려뒀던 시간에 용서를 구하고 싶다. 다른 사람을 웃게 했던 것만큼 나를 웃게 하진 않았다는 것도 나에게만큼은 세상 모든 기준을

엄격하게 적용했다는 것도, 미안하다. 나를 위해 커피 한 잔 사지 못하는 야박한 사람으로 살기는 싫다. 내가 나에게 친절하지 못했던 시간에 용서를 구한다.

나를 위한 요리를 한다. 이유 없이 꽃을 산다.

친한 친구에게 푼금없이 연락하기.

땀 흘리고 좋아하는 온도로 씻기.

단골 가게에 가기. 남이 추천해준 노래 듣기.

몸이 지친 땐 잠을 푹 자고 마음이 지치면 책 읽기.

기분이 좋아지는 방법들.

당신을 알고 사랑이 하고 싶어졌다

사람은 저마다 쉬는 방법이 다릅니다. 누군가는 떠나야 쉬는 것이고 누군가는 만들면서 쉬지요. 가끔 사람들이 묻더라고요. 도대체 어떻게 그렇게 사냐고요. 물론 자주 버거울 때가 많습니다. 무엇을 얻기 위해서 이토록 나를 괴롭히는지 모르겠어요. 지금은 새벽 다섯 시입니다. 토요일이고요. 많은 사람이 잠을 자고 있을 시간에 책상에 앉아 있습니다.

가진 게 많아질수록, 사랑하는 사람이 많아질수록 죽고 싶지가 않아집니다. 요즘 제가 그래요. 언제든 떠날 수 있을 거라고 생각했는데 요즘은 살고 싶습니다. 그럼에도 버거울 때면 살기 위해서 글을 쓰지만, 저한테는 이게 쉬는 거예요. 나와 마주 앉아 대화를 나눌 수 있는 시간. 어떤 것이라도 다 적어 내릴 수 있는 지금을 사랑합니다. 오늘은 참 여기저기 많이 돌아다녔습니다. 집에 가는 것보다 당신 목소리가 기억나지 않는 게 더 싫어서 물가에 앉아 있었습니다. 사람들의 뒷모습을 바라보면서요. 여기까지 와서도 고작한다는 게 너를 쓰는 일입니다. 당신을 그대라 쓰고, 그대를 너라 쓰고, 너를 나라고 쓰면서 말입니다.

쓰다 보면 알게 됩니다. 내가 누군지 얼마큼 나약하고 얼마나 아픈 사람인지. 얼마만큼의 시간을 어디에 사용했으며 어떻게 살고 싶은지도 알게 됩니다. 네가 나의 휴식이라는 것도 쓰면서 알게 됩니다. 사랑은 매일 눈에 보이지 않지만 사랑해라는 글자는 언제든지 보이는 것처럼 말이에요.

삶이 너무 지루해서 그늘이 필요할 텐데, 우리 외딴섬에 가서 살까요. 아무것도 보지 않고 아무것도 잡지 않으면 어떤 걱정도 없을 텐데. 서로만 바라보고 살까요. 나뭇잎 따다 글을 써줄까요. 방 안에 누워 입술을 매만질까요. 밤새워 모닥불 피워줄까요. 쓰다 보니 당신을 알게 됐고, 당신을 알게 되니 사랑이하고 싶어졌다고 말입니다.

오늘 밤은 아무 꿈도 꾸지 않기를

을지로, 망원동, 신촌, 당인리를 좋아한다. 강남
권은 약속조차 잡지 않는 편이다. 내가 사랑하
는 동네들은 다 비슷한 모습이다. 조용하고 약
간은 낡았으며 사람 냄새가 난다. 물론 나뿐만
아니라 많은 사람들이 좋아하는 동네지만 평일
은 한산하다. 요즘은 망원동에 있는 카페에 자
주 간다. 그중 한 곳은 카페 이름이 없다. 그래서
이름 없는 카페라고 불린다. 문을 열고 들어가
면 차분해 보이는 사장님이 계신다. 제목을 절
대 맞출 수 없는 노래가 흘러나오고 테이블은

한 네 개쯤, 의자도 한두 개씩만 있다. 놀이터 앞에 있는 그 카페에 들어가는 순간, 다른 세계가 열린다.

연필로 쓰인 메뉴판을 보고 커피를 주문한다. 수줍게 내려주시는 커피를 마시며 가만히 생각하는 게 그곳에서의 일이다. 어떻게 살 것인가. 어떤 글을 쓸 것인가. 이때만큼은 작가가 된 기분이라 좋아하는 시간이다. 항상 종이와 펜을 들고 가지만 몇 문장 적지 못하고 나올 때가 많다. 그 여백조차도 충만한 곳.

또 다른 카페는 3층 저택을 개조한 곳이다. 주택인지 저택인지 헷갈리지만 도심치고는 꽤 큰 정원이 있기에 저택이라고 부른다. 그곳도 특이하다. 음악을 틀지 않는다. 보통 사람들이 생각하는 카페와는 정반대인 셈이다. 원두를 갈거나 무언가를 만드는 등 소음이 나는 일들은 모두 작은 방에서 해결한다. 밖에서는 오로지 조용히 커피만 내린다. 여러 사람을 데리고 갔는데 그런 장소에 익숙하지 않은 사람은 들어가자마자 적응하느라 정신이 없을 정도다. 그곳에서 글을 쓸 땐 음악을 듣지 않는다. 글이 막힐 때면 멍하니 통유리 너머로 나무를 바라보는 게 전부다.

예전엔 프랜차이즈 가게들이 대세였다면 요즘은 확실히 이런 곳이 뜨고 있다. 일본에 이런 가게들이 참 많은데 우리나라도 그렇게 바뀌고 있다. 사회적인 측면에서 본다면 최저임금이 오르고 사람 구하기가 어려워서 혼자 일하는 가게가 많아진 것이다. 예전에는 홍보 수단이 많지 않아서 사람들이 많이 다니는 길목이 가장 좋은 자리였다면, sns가 발달하면서 골목에 있어도 홍보할 수 있게 된 게 하나의 이유일 것이다.

가장 중요한 이유는 위로가 고파서다. 예전에는 기차역에 있는 서점이 무척 잘됐다고 한다. 기차를 타는 오랜 시간 동안 할 게 없으니 책을 많이 읽었단다. 기술이 발전하면서 기차는 점점 빨라졌고 책 대신 볼 수 있는 것도 많이 늘어났다. 어릴 땐 무엇을 하든 버스를 타고 사람들과 살을 비비며 다녔는데 어느 순간 차가 생겼다. 이제는 일이 끝나면 아무도 없는 차에 앉아 쓸쓸히 집으로 향한다. 기술이 편리한 쪽으로 발전하는 만큼 종이를 만지는 것도 사람과 함께하는 것도 줄어들었다. 가끔 세상은 나보다 빠른 속도로 달라지기도 한다.

쉬는 날 조용한 동네에서 느림을 충전하는 것처럼 이런 곳으로 사람이 모이는 이유는 다 비슷할 거라고 생각한다. 마음이 허해서. 그냥 이유 없이 허해서. 세상이 너무 빨라서 조금 느려지고 싶어서. 나는 일주일에 하루 이런 시간을 보내고 그 힘으로 남은 날을 살아간다. 오늘은 당인리에 있는 한 카페에서 글을 쓰고 있다. 위로가 고픈 시대에 사는 우리들을 위해서. 내가 사랑하는 사람들과 내 글을 읽어주는 사람들의 마음이 조금은 덜 공허하길 바라면서 쓴다. 오늘 밤은 모두 아무 꿈도 꾸지 않고 잠들었으면 좋겠다.

돌아올 곳이 있어야 여행인 것처럼

하던 일을 그만두고 요즘은 별일 없이 지내고
있다. 오래 백수 생활을 한 친구의 말에 따르면
나는 아직 백수가 아니란다. 글도 쓰고 준비하
는 사업도 있으니 기준에 불합격이란다. 백수
선배님의 말에 따르면 백수에게 절대 묻지 말아
야 할 것이 하나 있는데, 바로 오늘 뭐하냐는 이
야기다. 딱히 할 것도 없고 매번 비슷하게 지내
는 사람에게 그런 질문은 예의가 아니란다. 지
금의 삶은 비유하자면 방학 같다. 다만 진짜 방
학과 다른 점은 이 생활이 언제 끝날지 알 수 없

다는 것과 여유가 불안처럼 느껴진다는 것이다.

출근을 안 하니까 일어나는 시간도 불규칙해지고 낮에 에너지를 거의 사용하지 않으니 밤에 잠도 오지 않는다. 이렇게 두 달이 지났다. 정말 특이한 게 있다면 시간은 그대로 빨리 간다는 거다. 점심쯤 일어나서 밥 먹고 운동 한 번 갔다 오면 해가 지려고 한다. 이럴 거면 그냥 출근할 걸 그랬다는 생각도 가끔 한다. 욕심도 많이 없어졌다. 집에만 있으면 돈 쓸 일이 엄청나게 줄어들기 때문에 돈을 벌고 싶은 욕구도 줄어든다. 그게 점점 무섭다. 이러다 아무것도 하고 싶은 게 없어질 것 같아서. 그렇게 점점 방 안에서만 살고 싶어질 것 같다.

일할 땐 억지로라도 사람을 만나고 움직여야 했는데 거기서 오는 에너지가 굉장했던 것 같다. 오히려 정말 바쁘게 살 때는 쉬고 싶다는 생각이 간절한 만큼 하고 싶은 것도 많았다. 아이디어도 잘 떠올랐는데 지금은 모든 것이 멈췄다. 사람이란 참 이상하다. 쉬면 일하고 싶고, 일하면 쉬고 싶다. 지금 이 삶이 너무 지루하게 느껴질 땐 몸이 부서질 것처럼 바쁘게 움직이던 새벽을 떠올린다. 그럼 침대에 누워 있는 이 순간이 조금은 소중하게 느껴지지만 그 또한 잠시뿐이다.

별 걱정거리도 없고, 그동안 모아놓은 것들로 넘치진 않아도 부족하지 않게 사는 것. 내가 그토록 바라던 일이 지금 일어나고 있다. 매일 원하는 시간에 따뜻한 밥을 먹을 수 있으며 언제든 내 사람을 만날 수 있다. 답답한 날에는 하루아침에 기차를 타고 떠날 수도 있다. 그런데 사람 체질이 다 다르듯 나에게 이런 잔잔함은 어울리지 않는 것 같다. 인생을 쉽게 살고 싶지 않았는데 점점 편한 것만 찾고 있는 내가 싫을 때가 많다. 요즘 들어 간절하게 느끼는 건 돌아올 곳이 있어야 여행이 가치 있어지는 것처럼 휴식도 가야 할 곳이 있을 때 아름답다는 것이다.

여행을 마치고 역으로 가기 위해 택시에 탔다.

기사님이 대뜸 묻는다. 바람의 언덕은 다녀왔냐고.

일정이 안 돼서 가지 않았다고 했다.

팔 월에 가야 드넓은 녹음을 볼 수 있는데 아쉽단다.

기차 창가에 앉아 멍하니 생각한다.

하나쯤은 보지 않고 오는 것도 괜찮은 것 같다.

그래야 못 본 게 있다는 핑계로 다시 올 수 있으니까.

결혼

또 기차를 탔습니다. 이번에는 글을 쓰는 친구
와 같이 탔습니다. 친절한 사람이 많은 동네라
는 이야기는 들었는데 정말 친절합니다. 한 명
쯤은 인상을 쓸 법도 한데 햇빛이 이렇게 쨍쨍
해도 모두 친절하네요. 이런 곳이 또 있을까요.

　요즘 들어서 정말 나이 들어가고 있다는 게
느껴집니다. 특히 이 녀석과 함께하면 더 그래
요. 얼마나 애늙은이 같은지 둘이 대화를 나누
다 흠칫할 때가 많습니다. 우리가 자주 하는 말
이 있어요. 바다나 보면서 울고 올까라는 말인

161

데 이상하게 요즘 울컥하네요. 많은 장면이 슬프게 보이고 누군가를 붙잡고 밤새 수다를 떨고 싶을 때가 늘어나요. 오늘은 친구 녀석이랑 요금을 내고도 십 분이나 넘게 택시기사님과 수다를 떨었지 뭐예요. 저도 몰랐는데 외로웠나 봅니다.

혼자 사는 것도 좋은데 누군가와 함께 사는 것도 좋겠다는 생각을 합니다. 저녁을 먹을 때, 예전에는 반찬 하나면 됐는데 이젠 여러 음식을 차려놓고 먹고 싶거든요. 내가 숟가락을 들 때 누군가 젓가락을 들었으면 좋겠고 밥이 조금 많다며 한 숟갈 크게 건네주고도 싶습니다. 이제는 함부로 말을 하지 않으려고 합니다. 내가 세워놓은 기준들이 무너지는 건 어느 아침일 수도 있고 지나가다 맡은 향기 하나 때문일 수도 있으니까요. 지금 맡은 숲 냄새가 너무 좋아서 또 이러나 봅니다. 아니면 낮에 봤던 구름이 예뻐서 이럴 수도 있고요.

먼 길을 떠나고 돌아왔는데 누군가가 나를 기다리고 있다면 무슨 기분일까요. 오랫동안 혼자 잠을 자던 버릇 때문에 잠꼬대가 심할 텐데 누군가를 신경 쓰며 잠드는 밤은 어떨까요. 새벽에 눈을 떴는데 내 옆에서 누군가 곤히 잠들어 있어요. 근데 계절이 바뀌어도 그 사람은 그대로라면 어떤 밤하늘보다 낭만적이지 않을까요. 손은 나를 닮고 눈은 너를 닮은 아이가 기다리고 있다면 어떤 기분일까요. 먼지 묻은 옷을 툴툴 털고 집

으로 들어가 아내에게 먼저 입을 맞출까 아이에게 먼저 인사를
할까 고민하고 싶어요.

　예전에는 혼자 떠나는 게 좋았는데 요즘은 여행도 누군가
와 함께 가고 싶습니다. 사진에 담기지 않을 정도로 굉장한 풍
경을 보면 고개를 옆으로 돌려 아름답다고 말하고 싶어요. 한
사람과 눈을 마주보면서요. 아름다운 것도 함께 봐야 아름답더
군요. 평생 시인으로 사는 게 꿈이었는데 시인의 아내로 사는
건 좋은 삶이 아닐 것 같아서 어느 작은 회사에라도 취직이 하
고 싶어지기도 합니다. 늙어간다는 게 그렇더라고요. 자주 울
컥하고 자주 짠하고 그리고 결혼이 하고 싶어집니다.

bruno major
/ places we won't walk /

사람은 매일 고민하며 산다. 아침에 일어나 어떤 옷을 입을까. 앞머리를 내릴까 넘길까. 무슨 직업을 선택하고, 어떤 삶을 살아야 할까. 요즘 가장 큰 고민은 집이다. 서울로 이사해야 할 것 같아서 집을 알아보고 있다. 어느 동네가 내 생활반경에 가장 적합한지, 혼자 살 거지만 집 같은 집이 좋은데 방 세 개는 너무 사치가 아닐까 하면서.

석 달 전, 오래 운영한 카페를 정리할 기회가 왔다. 가게를 인수하고 싶다는 분이 계셨는데 막상 그런 사람이 눈앞에 나타나니까 또 이곳의 좋은 점만 보여 한참을 고민했다. 몇 개월 전으로 거슬러 올라가도, 몇 년 전으로 거슬러 올라가도 항상 고민은 있었다. 초등학생 때는 태권도 학원을 빠질까 말까 고민했던 기억이 난다. 그때 겨루기를 하던 형이 나보다 한참 컸는데 자비가 없었다. 살살할 만도 한데 항상 전력으로 발차기를 해서 아파 죽는 줄 알았다.

고민을 거듭하는 이유는 후회를 잘하는 성격이라서 그렇다. 미련도 잘 남는 편이고 어떤 기억이 아주 오래 남기도 하는 사람이라 그렇다. 내가 어려서 놓친 것들을 돌아볼 수 있는 날이 왔을 때, 그때 만약 다른 선택을 했다면 조금은 달라지지 않았을까 계절이 바뀌도록 후회했다. 사랑했던 사람과 멀어졌을 때도 내 마음을 숨기는 쪽을 선택했다면 우리의 결말이 달랐을까 싶었다. 잘한 선택은 잠시 기뻐했고 잘못된 길에서는 오래 헤맸다. 나라는 사람은 그런 사람이다.

이제는 그런 생각을 한다. 아마 다른 길을 갔어도 후회했을 것이다. 갈림길에서 어떤 것을 선택했다고 치자. 두 가지 중에 어느 것도 완벽한 지옥이고 완벽한 낙원이진 않다. 다 어느 정도의 장단점을 가지고 있다. 한 사랑과 멀어지면 죽을 듯이 아프지만, 자유를 얻는다. 태권도 학원을 빠졌을 때 허벅지는 무사했지만 등짝이 아팠던 것처럼.

지금도 가끔 대학교를 졸업했다면 어땠을까, 라는 생각을 하곤 한다. 아마 학교에 다녔다면 그때 그만두고 하고 싶은 대로 살았으면 어땠을까, 라고 생각했을 것이다. 우리가 나약해서 그런 게 아니다. 어떤 결정도 늘 후회와 미련은 남는다. 세상에 완벽한 선택은 없다는 사실을 받아들이면 마음이 좀 편해진다. 사실 어떤 선택을 내리는지보다 선택을 내리고 난 후가 훨씬 중요하지 않은가. 이미 선택을 내렸다면 뒤를 돌아보지 않을 용기 또한 필요하다.

아름다운 풍경

많은 것을 다짐하고 산다. 홍은동에 작업실을
구할 때 생각했다. 홍제천도 걷고 가끔은 여기
서 잠도 자야지. 아침 일찍 일어나서 시장 구석
에 있는 목욕탕도 가야지. 그리고 허름한 식당
에서 며칠 굶은 사람처럼 밥을 먹고 걱정 없다
는 듯 걸어야지. 단풍이 들면 뒤에 있는 북한산
에도 가보고 싶었다. 작업실 계약이 만료되기
한 달 전인데 이 모든 것을 하나도 하지 않았다.
오히려 이곳의 주인인 나보다 여기 놀러 오는
사람들이 더 많이 돌아다닌 것 같다.

조금만 돌아다녀보면 상당히 매력적인 동네다. 번잡한 도시 위에 지어진 오두막 같다. 하루가 끝날 시간이면 이곳으로 들어오는 마을버스는 사람들로 꽉 찬다. 아홉 시가 넘어가면 하나둘 불을 끄는 곳. 열 시가 넘어가면 거리엔 계절 냄새밖에 남지 않는 곳.

일본에 있을 때 내가 머무는 집 바로 앞에 작은 가게가 있었다. 할 줄 아는 일본어라고는 이거 주세요, 죄송합니다, 사진 찍어도 되나요, 맥주 주세요 이 정도뿐이라 매번 서성였다. 읽을 줄도 모르고 말할 줄도 모르는 내 추측으로는 작은 술집 같았다. 조명이 참 따뜻했고 가게가 참 예뻤는데. 언젠가 용기 내서 들어가봐야지 하다가 결국 한 번도 가보지 못하고 한국으로 돌아왔다.

세상에는 재밌어 보이는 것도, 맛있는 음식도, 장엄한 풍경도 많다. 하지만 모두가 이것들을 누리는 건 아니다. 아무리 좋은 풍경이라도 내가 걷지 않으면 하나의 사진에 불과하다. 아무리 맛있어 보이는 음식도 문을 열고 들어가지 않는 이상 맛을 볼 수는 없다. 세상은 움직이지 않는 자에게는 아무것도 가져다주지 않는다.

화려하지 않은 말

사는 거 참 힘들죠. 원하는 대로 흘러가지도 않고 마음 아픈 일은 잔뜩 있는데 털어놓을 곳은 마땅치 않아요. 기껏 이야기했더니 어떤 사람은 그러더라고요. 너만 힘든 게 아니라 우리 모두 다 힘들다고요. 다들 그렇게 살아간다고요. 근데 이 말은 너무 잔인해요.

모두 다 이렇게 살아가더라도 정말 견디기 어려울 만큼 아플 수도 있는 건데 말이에요. 거창한 해답을 바라는 게 아니라 그냥 좀 들어줬으면 하는 건데, 마치 아픔에도 크나큰 이유가 있어야 하는 것 같아요. 그냥 아프고, 그냥 버거울 뿐인데 말이에요.

누구를 탓하지도 못하고, 기껏 탓하는 게 나 자신인 우린 선하고 또 선한 사람들인데. 사는 게 왜 이리 힘들까요. 멀미가 날 만큼 화려한 곳보다 낡은 내 방 침대가 더 아늑한 것처럼, 거창하지 않아도 그냥 안아주면 되는 건데 말이에요.

잘 버텨줘서 고마워요. 잘 견뎌줘서 고마워요. 죽지 않고 살아줘서 고마워요. 포기하고 싶은 순간이 그렇게나 많았는데 씩씩해줘서 고마워요. 수고했어요. 정말 고생했어요.

어떤 사람이 내 사람인지 알기 위해서

시험해볼 필요는 없다. 우리 인생에도 계절이 있어서

봄처럼 마냥 설렐 수도 매일 축제일 수도 있다.

아니면 지루한 장마를 겪을지도 모른다.

모든 것을 지울 듯 비가 내리고 바람이 옆으로 부는 날들.

춥고 굶주리고 세상에 혼자 멀어진 듯한 시간을 보내고 나면

내 옆에는 아주 무거운 것만이 남는다.

내게 어떤 일이 일어나도 같은 표정으로

표정으로 같은 자리에 있어 줄 사람들.

171

3장

우리에게

나이 든다는 것

급히 차를 돌렸다. 약속이 두 개나 있었는데 모
두 취소하고 병원으로 향했다. 출산일이 다가온
누나가 입원을 했는데 아기가 하늘을 보고 있어
서 수술을 받는다고 연락이 왔다. 너무 걱정하
지 말고 다녀오라는 말을 건넸는데 잠시 후 매
형에게 전화가 왔다. 지금 막 들어갔으니 이십
분 정도 뒤면 조카가 태어난다는 상기된 목소리
였다. 정말 멍청했던 게 나한테 수술은 상당히
큰 개념이라 모든 수술이 몇 시간은 걸리는 줄
알았다. 지금 출발한다면 얼추 맞게 도착할 것

같았다.

내 딸이 태어나는 것만큼이나 가까운 가족의 출산은 영향력이 컸다. 바다 위의 작은 배처럼 불안했다. 내내 누나가 괜찮을까 걱정하다가 병원에 거의 다 왔을 땐 조카가 얼마나 사랑스러울까 싶어 설렜다. 8월의 폭염 속에서 주차장부터 병원까지 한숨도 쉬지 않고 달렸다. 도착한 수술실 앞에는 몇 명의 보호자가 서 있었다. 다들 나와 비슷한 표정이었다. 한쪽은 상기됐고 한쪽은 근심이 가득한 얼굴. 그곳엔 알 수 없는 감정들이 소용돌이치고 있었다.

아이는 잘 태어났다. 그리고 누나도 건강했다. 아이가 태어나서 자기한테 안길 때까지, 누나도 손가락 발가락이 다 있는지부터 확인했단다. 건강한 것만큼 큰 축복은 없으니까. 자꾸만 울컥울컥하기에 괜히 시선을 돌리느라 바빴다. 매형과 함께 산모 이름, 아이의 출생 번호가 적힌 종이를 들고 신생아실로 향했다. 솔직히 신생아는 다 비슷하게 생겼다고 생각했다. 우리 누나의 딸을 본 순간 내가 그동안 잘못 생각하며 살았구나 싶었다. 누가 봐도 누나와 매형의 딸이었다. 옆에 있는 아이들을 한 명씩 바라봤는데 그제야 모두의 생김새가 다르게 보였다.

만약 조카와 나 사이에 유리창이 없었어도, 간호사가 한번 안아보세요, 라는 말을 했어도 나는 안지 못했을 것이다. 부끄러워서도 싫어서도 아니다. 그냥 내가 감당하기 벅찰 만큼의 그 무엇이었다. 조카를 보러 가던 그때 한 산모가 유리창을 사이에 두고 아이와 눈을 맞추고 있었는데 그 뒷모습에도 내가 설명할 수 없는 그 무엇이 있었다. 그날 나는 상상하지도 못했던 감정을 한보따리나 느꼈다.

다들 사연이 있겠지만 우리 가족은 친하게 지내는 친척의 범위가 좁다. 그 좁은 친척들 사이에서도 나는 가깝게 지내는 사람이 몇 없다. 많은 가족이 모여서 밥을 먹고 매형, 조카, 삼촌이라는 단어를 사용하는 건 나에게는 첫 입학만큼이나 낯설다. 상상해본 적도 없다. 아마 내가 더 어렸더라면 이런 기분을 느끼지 못했을 것이다. 이건 나이가 들어가면서 자연스럽게 일어나는 일들이니까.

많은 사람들이 젊음이 영원하길 바란다. 나 역시 보통 사람들처럼 무엇을 해도 쉽게 지치지 않는 체력과 살아가면서 얻는 영감이 영원하길 바란 적이 있다. 조카가 태어난 오늘, 모든 것이 바뀌었다. 내가 살아 있다는 사실만으로도 고맙게 느껴졌다. 태어난 지 두 시간도 채 안 된 아기. 같은 사진을 계속 보면서 아이처럼 웃던 매형. 나의 누나에서 이제는 한 아이의 엄마가 된 사람을 바라보며 나에게 또 어떤 아름다운 일이 일어날까 궁금해졌다. 젊음이 사라지는 만큼 어느 해변의 노을 같은

일들이 나에게 일어나고 있다. 이제 나이 드는 일이 그리 무섭
지만은 않게 느껴진다.

괜한 물음

여행 갔을 때 관광지처럼 사람이 많은 곳은 잘
가지 않는 편이다. 그럼에도 타지마할에 갔던
이유는 무덤에 묻힌 사랑을 만져보고 싶어서였
다. 아내가 죽고 22년 동안이나 무덤을 만들었
단다. 한 나라의 재정에 영향을 줄 정도로, 2만
명이 넘는 기능공들이 동원되어 만든 무덤이 과
연 사랑일까 궁금했다. 냄새를 맡고 손을 얹은
채 물어본다면 선명한 답을 내릴 수 있을 것 같
았다.

결론부터 말하자면 답을 내리지 못했다. 너

무 아름다워서였다. 과연 많은 사람들이 제값을 받고 일했을까 하는 연민이 들었지만 잠시뿐이었다. 죽은 사람을 영원히 기억하고 싶었던 마음이 욕심일까 사랑일까 싶다가도 아름다워서 생각이 끊겼다. 아름답다는 건 이토록 비이성적이다. 정확한 대칭과 내가 알 수 없는 기법들로 만들어진 건물을 그냥 걷기로 했다. 새들이 하늘을 높게 날 때쯤 하얀 외벽만큼 아름다운 부분을 만났다.

남자는 인도 사람을 사진에 담고 싶어 했다. 위치를 바꿔가며 사진을 여러 번 찍었다. 어떤 마음이면 사람이 저렇게 해맑게 웃을 수 있을까 하며 남자를 보고 있는데 그 뒤에 한 여인이 서 있었다. 아내였다. 둘의 사이를 부부라고 단정 지은 이유는 서로를 깊이 이해하는 것 같아서였다. 아이처럼 웃으며 사진 찍는 남자 뒤에서 여자 역시 해맑게 웃고 있었으니까.

"저이는 원래 저런 걸 좋아해. 여행 오면 자주 이러지. 나는 옆에 있는 게 부끄러워서 조금 떨어져서 기다려. 저이가 행복해하는 모습을 보는 게 좋아. 좋아하는 걸 하는 모습도 보기 좋고"라는 말소리가 들리는 것 같았다.

혹시나 해서 하는 말인데 당신도 나를 잠시만 기다려줄 수 있는지 묻고 싶다. 사진 한 장 찍고 올 시간 동안, 닿을 수 있는 거리에 있어줄 수 있을까. 내가 가진 모습을 이해하는 데 많은 시간을 사용해줄 수 있을까. 이것 참 예쁘지 않느냐고, 내가 찍은 사진을 당신한테 제일 먼저 보여줄 거라는 말은 숨긴 채 괜히 묻고 싶어지는 거다.

미래의 아내에게

안녕. 나의 아내. 내가 아내라고 발음하는 날이
오다니 아직도 믿기지 않아. 지금은 2025년 9월
1일. 내 생일이야. 당신이 차려준 아침을 먹고
여느 날과 다를 것 없이 가방 하나 메고 작업실
로 나왔지. 아침에 거리를 걷는데 세상을 다 얻
은 기분이었어. 주머니가 좀 가벼워도 나에겐
가족이 있으니까. 어떤 글을 쓸까 고민하기 전
에 당신에게 편지부터 써. 아내라는 말 있잖아.
어원이 집 안에 있는 사람을 뜻한대.

어떤 사람들은 아내를 그런 뜻으로 사용해.

집 안에 있는 해. 태양 같은 존재라는 거지. 나는 그런 뜻으로 사용하니까 오해하면 안 돼? 당신이 내 태양이야. 당신을 만나고 난 뒤로 죽고 싶지 않아졌어. 도대체 왜 그렇게 굴곡진 삶을 살았을까. 왜 사랑을 이해하기 위해 노력해야만 했을까 싶었던 순간들이 빛을 봤거든. 당신을 조금 더 특별하게 사랑해주려고 그랬던 것 같아. 고마워.

나 이제 운전도 정말 조심히 하는 거 알지? 예전에는 누가 나한테 못된 짓을 하면 맞서 싸우고 싶었어. 이제는 그러고 싶지가 않다. 누가 나에게 이유 없이 물리적 힘을 가한다고 해도 도망갈 것 같아. 그러다 혹시 무슨 일이 생겨서 당신을 영영 못 보면 어떡해. 당신 덕분에 삶에 미련이 생겼어. 고마워.

특별한 이유로 편지를 쓰는 건 아니야. 사랑한다고 말하고 싶기도 했고, 당신이 당신 삶을 살았으면 해서 편지를 써. 예전에 아빠한테 물어본 적이 있어. 아빠는 하고 싶은 게 뭐였냐고. 정말 뜬금없이 마음이 시킨 질문이었어. 근데 아빠가 그러는 거야. 보석 세공을 해보고 싶었대. 근데 돈도 없었고 먹고 살다 보니까 이젠 너무 늦었다네. 그게 얼마나 마음 아프던지. 우리 엄마는 키가 되게 컸거든. 초등학생 때 배구 경기를 보고 있었어. 근데 엄마 눈빛이 너무 슬픈 거야. 그 어린 나이에 기분이 이상해서 왜 그러냐고 물었더니 엄마가 그러더라. 엄마가 배구

선수였대. 근데 나는 엄마가 배구하는 모습을 한 번도 본 적이 없어. 나를 돌봐야 했으니까. 자기 자신으로 사는 게 아니라 아이 엄마로서 사셔야 했지.

걱정하지 말고 당신 하고 싶은 거 마음껏 해. 나 그동안 하고 싶은 거 많이 하고 살았잖아. 집에 있고 싶어. 그토록 평온한 집을 원했는데 지금 우리 집이 그래. 누구나 마음에 불씨 하나쯤은 있다고 생각해. 근데 그게 훨훨 타고 있는데 아무것도 할 수 없다면 얼마나 마음 아파. 사춘기 학생처럼 세상으로 나가서 부딪쳤으면 좋겠어. 아이가 있는 엄마라는 거 가끔은 잊어줬으면 해. 내가 요리 더 잘하는 거 알지? 또 섬세해서 아이들 감정을 잘 느끼는 것도? 나 믿고 많은 곳에 다녀와. 내일 아침엔 내가 배웅해줄게. 사랑해.

사람들은 말이야. 내가 잘 지내는 줄 알거든.

하고 싶은 일도 하고 겉으로 보기엔 괜찮아 보이나봐.

너는 내가 어떤지 알잖아.

여전히 불안하고 매일 밤 돌아가지 않으려 애쓰며 살고 있어.

내게 와주라. 내게 들어와 내 불안이 되어주라.

전쟁 같고 망망대해 같겠지만 이 삶에 머물러주라.

고요함과 소란스러움 사이에 서 있어주라.

사람은 평생을 함께할 그 한 사람을

찾기 위해 살아간다는데 네가 그 한 사람이 되어주라.

집으로 돌아가고 싶게 해주라.

살고 싶은 이유가 되어주라.

비 오는 날

선배님이라고 부르고 싶었던 한 시인을 만났
다. 선물 받은 여행에세이를 쓰신 분이셨다. 날
이 좋던 아침에 잠깐 읽었을 뿐인데 책을 온몸
에 새기고 싶을 정도로 멋진 작품을 쓰신 분. 한
권에 매료돼서 그분이 쓴 모든 책을 다 읽었다.
사인회에 찾아가서 줄을 서서 사인을 받기도 하
고, 내가 쓴 책을 직접 건네드리기도 했다. 그러
다 연이 닿아 술을 마시는 날이 왔다.

　우리 집에서 멀지 않은 곳에 살고 계셨는데
어디서 뵈면 좋을까 싶다가 망원동으로 정했다.

내가 자주 가는 동네를 보여드리고 싶었다. 그날은 비가 내렸는데 미리 생각해놓은 몇 곳 중에 가장 적합한 곳으로 골랐다. 그런데 이런. 이미 그 술집은 만석이었다. 금방 연락을 주겠다는 사장님 말씀에 대기명단에 이름을 적고 바로 옆 가게에서 기다리고 있었다. 뭐가 문제였는지 모르겠지만 세 시간이 지났는데도 연락이 오지 않았다. 저녁식사를 안 하고 오셨다는 말에 원래 가려던 곳 말고 다른 곳을 가시는 게 어떠시냐고 물었더니 돌아오는 대답은 이랬다.

"근호 군이 오늘 생각해놓은 계획이 있을 거 아니에요. 그대로 해도 괜찮아요."

결국 기다리다 도저히 안 될 것 같아서 다른 곳으로 향했다. 몇 걸음 걷지 않고 들어간 곳이었는데 기본으로 나오는 찬부터 모든 음식을 맛있게 드셨다. 이토록 허기질 때까지 누군가의 생각을 기다려준다는 것. 그 아름다운 풍경이 나를 관통했다. 그날은 몹쓸 버릇이 나왔다. 좋은 사람을 만나면 모든 담이 무너지는 고약한 버릇. 굳이 이야기하지 않아도 될 이야기를 쏟아냈고 그분이 담배를 태우러 나가실 때마다 그러지 말자고 다짐했다. 그러다 또 마주 앉으면 모든 경계가 무너졌다.

한밤중 같은 술자리가 끝나고 비 오는 거리를 걸었다. 큰 길가에 도착했을 때 택시 몇 대가 서 있었다. 먼저 타라고 하셨지만, 한사코 거절하는 내 모습을 보시고는 악수와 함께 택시에 올라타셨다. 아마 무슨 말을 하셨더라도 내가 먼저 택시를 타지 않았을 거라는 걸 느끼신 것 같았다. 많은 것을 느끼고 있음에도 침묵하는 사람. 이상적인 어른의 모습이 아닐까 생각했다.

어쩌면 듣고 싶지 않을 수도 있는 이야기를 너무 한 것 같아서 나 자신이 거북했지만 그냥 걸었다. 조금 떨어진 곳에 서 있는 택시를 타고 오래 살던 동네로 돌아가야겠다 싶었다. 비가 내리고 있었지만, 어차피 곧 우산을 접어야 했으므로 우산을 펴지 않기로 한다. 온몸이 젖고 있었는데 이상하게 따뜻했다. 아무리 많은 비를 맞아도 아프지 않을 것 같은 밤이었다.

또 다른 선택

5년 정도 함께 일했던 형을 인간적으로 되게 좋아했다. 공무원 시험을 준비하면서 카페 아르바이트를 시작했다가 친해졌다. 나에게 있어선 모든 게 충격적인 사람이었다. 이런 사람을 생에 두 번 정도 만났다. 한 명은 중학교 때 친해진 친구인데 태어나서 욕을 한 번도 안 해본 사람이었다. 누군가와 다투는 것조차 할 줄 모르는 사람이었다. 그 형님도 비슷했다. 거친 말조차 할 수 있는 유전자가 아예 없는 것 같았다.

많은 계절을 함께하면서 해마다 바라던 것

이 있다. 형님이 일을 그만두시는 날이 오는 거였다. 이곳을 떠난다는 건 시험에 합격한다는 뜻이니 헤어지더라도 이곳을 떠났으면 했다. 아쉽게도 마지막 영업일까지 내 곁에 있어주셨다. 그날도 취해가는 나와 내 친구들을 챙겨주던 사람. 부끄러워서 제대로 인사도 못 건네는 나에게 먼저 인사를 해준 사람. 시험이라는 게 만점을 맞지 않는 이상 어느 정도 운이 있어야 한다. 그래서 가끔 하늘을 원망하게 했던 사람.

영업 종료를 얼마 남기지 않았을 때, 만약 시험에 떨어지면 앞으로 어떻게 할 거냐고 물었더니 그래도 계속할 거라고 하셨다. 형님이 잘됐으면 하는 진심에서 하는 말인데 다양한 선택지를 놓고 생각했으면 좋겠다고 말했다. 운동을 굉장히 좋아해서 몸도 무척 좋았고, 얼굴도 잘생겨서 그쪽으로 나가도 좋을 것 같았다. 주제넘은 이야기일 수도 있으나 정말 잘됐으면 하는 마음이었다.

신촌 한복판에서, 더는 나가지 못할 것 같다며 전화 한 통으로 6년의 무명 생활을 끝낸 날, 삶이 무너지는 것 같았지만 그만큼 후련했다. 사람이 사랑을 하면 시야가 좁아진다. 만약 남의 일이었다면 그런 단점을 가진 사람과는 연애할 수 없지, 라고 단호하게 말하다가도 그 사람이 내 사람이 되면 이야기가 달라진다. 사랑은 자주 눈을 멀게 하니까. 형님은 공무원이라는 직업과 그걸 위해 준비하던 오랜 시간을 사랑하고 계셨다. 그래서 멀어지기 어려웠다는 걸 알고 있었지만 용기 내서 사랑하는 것과 조금 멀어지길 바랐다.

어느 날 편지를 쓰기 시작했을 때 그렇게 재밌을 수가 없었다. 그리고 몇 년이 지나자 이 선택을 좀 더 빨리 내리지 않은 것을 후회했다. 그토록 방 안에 갇혀서 가사를 쓰면서 왜 이런 작업은 생각하지 못했을까. 대학교에 들어갔을 때도 누군가 내게 문예 창작과라는 곳이 있다는 말을 한마디만 해줬어도 학교를 그만두는 일은 없었을 것 같았다.

살다 보면 분명 선택의 순간이 온다. 그만할 것인가. 계속 나아갈 것인가. 이건 직업이나 원하던 삶뿐만 아니라 사람관계도 마찬가지다. 아무리 노력을 해도 멀미가 가시질 않는 관계가 있고, 잠 설쳐가며 붙들어도 이뤄지지 않는 꿈이 있다. 만약 후회하지 않을 만큼 모든 걸 쏟아부었는데 여전히 그대로라면 그만해도 괜찮다고 말하고 싶다. 시작해야 할 때가 있는 것처럼 그만해야 할 때도 있는 것이다.

포기한다는 건 나약한 게 아니다. 어떤 도피도 아니다. 그만두고 나면 놓았기 때문에 보이는 새로운 것이 있을 것이다. 조금 더 넓은 곳에서 다양한 선택을 내렸으면 한다. 그저 또 다른 선택일 뿐이다.

당신이 가진 재료

글을 쓰고 삶이 많이 변했다. 오랜만에 만나는
동창은 "책 냈다며?"라는 말을 인사 대신 건넨
다. 내 작업물이 많은 반응을 얻자 어떤 술자리
에서는 내 이야기가 가장 큰 안주였단다. 나에
겐 고맙고 벅찬 일이 누군가에게는 가시였나 보
다. 누가 무슨 이야기를 하든, 내가 어디서 어떻
게 보이든 아무 관심 없다. 출판 관계자분들과
서점 사람들, 광고 쪽 일을 하는 사람과 정계 사
람들까지 많은 사람을 만났다. 확실히 이야기할
수 있는 건 그 누구를 만나도 그 어떤 상황에서

도 당당했다는 거다. 오만과는 조금 다르다. 예의 없게 행동한 것도 아니지만 한 번도 나를 낮춘 적은 없었다.

지금 내가 준비하고 있는 것들이 좋은 방향으로 흘러가고 있어서 그랬던 건 아니다. 나는 나와 가장 오랜 시간을 함께한 사람이다. 많은 사람들이 늦게까지 거리에서 젊음을 만끽했을 때도 나는 항상 일을 해야 했다. 시간이 남으면 방 안에 박혀서 글을 썼다. 이때 가장 괴로웠던 건 아직 마음이 단단하지 않은 나이에 내 상처를 바라봐야 했단 거다. 누구나 덮어두고 살고 싶은 기억 몇쯤은 있지 않는가. 그 기억을 꺼내 글을 쓰고 내가 읽어야 했다. 마냥 덮어두고 살 수도 없었고 잔인하게도 괴로운 기억 앞에서 더 잘 써졌다.

제일 싫어하는 말 중 하나가 근자감이라는 말인데 근거 없는 자신감이라는 뜻이다. 이 말은 믿지 않았으면 한다. 내가 어제 먹은 케이크를 아무리 설명해도 눈앞에 보이는 것만 못할 것이다. 사람은 보여야 믿고 들려야 듣는다. 자꾸 나만 뒤처지는 것 같고 손에 잡히는 게 하나도 없는데 나를 믿는다는 건 쉽지 않다.

아무것도 가진 게 없더라도, 당당해지고 싶다면 내가 가진 재료를 믿어야 한다. 완성품이 아니라 재료를 믿는 것이다. 아무것도 그린 게 없지만 땀이 뚝뚝 묻어 있는 물감. 뭐라도 해보겠다고 남들보다 먼저 일어나고 늦게 잠들던 시간. 그런 것들을 생각하는 거다. 내가 가진 재료를 믿는다면 조금 더 당당해질 수 있다.

인터넷에 올라온 글 하나가 생각난다. 어느 군인의 연봉이라면서 올라온 글이었는데 사진을 조작한 것 같진 않았지만, 우리가 생각하는 것보다 훨씬 급여가 높았다. 어떤 사람은 나도 군인이나 할까라는 이야기를 했고 어떤 사람은 돈 많이 벌어서 좋겠다는 이야기를 했다. 하지만 현직 군인으로 보이는 사람만은 다른 말을 했다.

"수당이 높으시네요. 위험한 곳에서 일하시나 봐요. 조심하세요."

"근무하신 지 오래되셨나 봐요. 고생 많으십니다."

"평가에서 높은 등급을 받으셨네요. 축하해요."

나, 어디선가 당신을 만난다면 그렇게 말해주고 싶다. 당당한 모습 너무 보기 좋아요. 한참 시간이 흘러 드디어 원하는 곳에 서 있게 된다면 나를 초대해줬으면 좋겠다. 당신이 보일 만한 거리에서 손 흔들며 말해주고 싶다. 결국 이뤄냈네요. 해낼줄 알았어요. 축하합니다.

같은 곳에서 매일 비슷한 일을 하고

내 시간이 없어서 졸음을 참기도 하지.

언제 시험이 끝날지 알 수도 없고

어떤 것은 점수 또한 정해져 있지 않아서 더 막막하지.

꿈이 없으면 괴롭고 사랑하는 것이 있으면 불안한 삶.

살다 보면 평범함이 축복처럼 보이기도 해.

그래도 부질없어 보이는 작은 움직임은

선이 되고 면이 되고 곧 너의 집이 될 거야.

더뎌도 괜찮아. 조금씩 나아가고 있다는 게 중요해.

바람이 되어

죽음에 관해 글을 쓴 적이 있다. 잠시 나갔다 온다던 사람이 내 곁을 떠나고 12년 만에 쓴 편지였다. 아니 19년 만의 편지였다. 그 글을 쓰고 책에 넣을까 말까 석 달을 고민했다. 아무리 글을 쓰는 게 익숙해도 덮어두고 싶은 상처를 불특정 다수에게 보여주는 일은 늘 어렵다.

　오랜 시간을 죽음과 가까이 살았다. 이게 좋은 건지 나쁜 건지는 모르겠다. 장점이 있다면 모든 것이 고마워진다. 그냥 밥을 먹는 것도, 건강하게 운동을 하는 것도, 뛰고 싶을 때 뛸 수 있다는 것만으로도 삶이 가치 있게 느껴진다. 단점이라면 삶에 미련이 많이 없어진다. 눈 감아버리면 끝나는 세상인데 이렇게 치열하게 살아서 뭐하나. 멍든 마음 어루만져가며 사는 것보다 저 멀리 가는 게 더 마음 편할 것 같다는 생각도 든다.

예전에 각자 써온 글을 합평하는 모임에 나간 적이 있는데 한 분이 가져왔던 주제가 죽음에 관한 것이었다. 그 글에는 죽음과 가까이 살면서 느낄 수 있는 감정들이 적혀 있었다. 읽는 내내 고개를 한 스무 번쯤 끄덕인 것 같다. 각자 글을 읽는 시간이 지나고 어떻게 읽었는지 소감을 말하는 시간이 왔다. 아쉽게도 나와 글을 쓴 사람 빼고 모두 공감하지 못했다.

누군가 떠난다는 게 슬픈 건 더는 그 사람과 아무 대화도 할 수가 없다는 거다. 목소리도 들을 수 없고, 질문을 건넬 수도, 만져볼 수도 없다. 그래서 묻고 싶은 걸 물어볼 수가 없어서 혼자 생각해야 한다. 용서하고 싶어도 만져볼 수가 없으니 더딜 수밖에 없다. 보고 싶은 날에는 보고 싶어서, 절망하고 미운 날에는 미워서 운다.

라디오였나. 어떤 사연을 하나 들었는데 그게 아직도 잊히지 않는다. 결혼하고 친정엄마가 집에 반찬을 보내줬는데 며칠이 지나지 않아 돌아가셨단다. 장례식을 치른 지 한참이 지났는데 이사할 때도 냉장고를 정리할 때도 항상 그 반찬통부터 챙긴단다. 냉장고를 열면 그게 가장 먼저 보이는데 그것만 보면 친정엄마가 살아 있는 것 같아서 곰팡이가 피고 음식이 다 썩어도 그대로 둔단다.

만약 시간을 돌려 이별하기 전으로 간다면 묻고 싶다. "내가 무엇을 하면 우리가 달라질 수 있었을까요?" 아니면 그냥 말해주고 싶다. "멋있게 잘 자랄게요. 걱정 마세요." 우연인지는 모르겠는데 서툰 이별을 하던 날 노래 하나를 들었다.

내가 그대를 보내는 게 아니라
하늘이 나를 데려가는……
내가 그대를 잊는 게 아니라
세상이 나를 잊어버리는……***

그 가사가 너무 내 기분 같아서 음악을 하고 싶다고 다짐했던 적도 있다. 당신이 있었다면 내 삶이 조금 달라졌을까. 나는 조금 더 현명해질 수 있었을까. 가끔은 저녁밥을 혼자 차려먹지 않아도 됐을까. 당신에게 건네줄 과일을 깎고, 당신이 오기를 기다리지 않아도 됐을까. 예술을 사랑하지 않고 살 수 있었을까. 아무 생각 없이 걷던 날, 문득 당신 생각이 사무치게 나서

*** RNP-「바람이 되어」 노랫말 중에서

오랜만에 그 노래를 들었다. 그리고 생각했다. 당신이 나를 떠난 게 아니라 내가 당신을 떠난 나쁜 사람이라고, 당신이 간 게 아니라 하늘이 데려가는 거라 생각했더니 조금은 마음이 편해졌다.

모두에게 부는 바람

아버지와 함께 살게 되면서 가장 크게 변한 건 거실이다. 답답하지 않아서 자주 누워 있었는데 자리를 양보했다. 운동도 좋아하고, 글도 쓰고, 책도 보고, 많은 사람을 만나는 나와 달리 아버지는 특별한 취미가 없으셨다. 유일한 낙은 텔레비전을 보시는 것뿐.

좋은 글을 돈에 구애받지 않고 쓰고 싶다는 이유로 열다섯 시간의 일이 끝나고 집으로 들어올 때면 문득 그런 생각이 든다. 내가 아무것도 몰랐을 때 아버지는 이렇게 힘들게 일하면서 나를 키웠겠지. 많은 사람들을 위로하는 글을 쓴다면서 정작 휴대전화를 열었는데 통화 목록에서 아버지 이름이 저 밑으로 내려가 있을 때면 자괴감이 든다. 가장 가까운 사람도 못 챙기면서 많은 사람을 챙기려 하는 내 모습이 그렇게 싫을 수가 없다.

그런 기분이 들면 일부러 무슨 프로그램을 보고 계시냐며 아버지께 살가운 말을 건넨다. 아버지는 여느 어른들과 같이 뉴스를 보거나 영화를 보셨다. 가장 기억에 남는 건 산속에 사는 사람들의 이야기를 담은 프로그램이었다. 산 사람들과 밥도 먹고 인터뷰도 하면서 며칠을 지낸다. 아버지는 그 프로그램을 보면서 자주 산에 가고 싶다고 하셨다. 아니면 어디 시골에 작은 집을 하나 구해서 조용히 살고 싶다고도 하셨다.

어느 날 새벽 한 시가 다된 시간에 저녁을 먹고 있었다. 마침 그 프로그램을 보고 계시기에 같이 봤는데 인터뷰 내용이 인상 깊었다. 왜 산에 들어가서 살게 됐냐는 질문이었는데 예상하지 못한 대답을 했다. 모두 다 아픔 때문이었다. 이혼의 아픔 때문에 왔다는 사람, 일하다가 사고로 염산이 담긴 솥에 빠져 도망 왔다는 사람, 원래부터 말을 더듬었는데 사람들 눈빛이 무서워서 왔다는 사람 등등. 모두가 이유는 달랐지만 모두 다 슬픔 때문이었다. 가장 기억에 남는 건 인터뷰가 끝나고 나오는 내레이션이었다.

"자연은 그런 그를 외면하지 않았다."

행복한 사람도 마음이 아픈 사람도 모두 떠나고 싶어 한다. 산이든 바다든 어떤 자연의 품으로 가고 싶어 한다. 너무 일만 해서 몸이 부서질 것 같았던 어느 날, 짐을 싸다가 거실에서 주무시는 아버지를 바라봤다. 왜 그토록 시골로 가고 싶어 하셨는지, 어느 산에 가고 싶어 하셨는지 알 것 같아서 눈을 감았다. 어디로든 떠나고 싶어 할 만큼 많은 사람이 지쳐 있다. 나를 절대 외면하지 않을 자연으로 숨고 싶을 만큼 다들 상처를 안고 살아간다.

새로운 삶을 살아보고 싶어서 오래 하던 일을 그만두었다. 사람 때문에 너무 구겨진 마음을 안고 버스표를 끊었다. 7월의 장맛비 속에서 어느 사찰을 걷다 숙소로 돌아와 마루에서 글을 쓴다. 오늘은 나도 행복한 사람이 된 것만 같다. 모든 것을 차분하게 만들 것처럼 내리는 빗소리 사이로 바람이 분다. 어떤 향수로도 흉내 낼 수 없는 단내가 나는 바람. 당신에게도 이 바람은 반드시 불 것이다.

마음의 멍

유난히 밝은 친구가 있어요. 삶의 목적이 웃음
을 건네주는 것처럼 보일 정도로 많은 사람에게
웃음을 줘요. 항상 술자리에서 섭외 일 순위죠.
재밌거든요. 진지한 이야기는 거의 안 하는 편
이에요. 오히려 누가 진지한 이야기를 하면 하
품을 해요. 그런 사람이에요. 예의 없는 어떤 사
람은 조금 만만하게 보기까지 하는 그런 친구
죠. 싫은 소리를 거의 한 적이 없으니까요.

그 친구랑 둘이 술을 먹은 적이 있어요. 그날
은 뭔가 울적했거든요. 그런 거 있잖아요. 똑같

은 저녁인데 달빛도 조금 서글픈 날. 바람도 괜히 좀 차분한 것 같고 공기가 축축하게 느껴지는 날이요. 모든 핑계를 대서라도 술 한 잔 마셔야겠다 싶었죠. 그날 이야기가 좀 진지하게 흘러갔어요. 낮잠을 많이 자고 나왔는지 하품을 안 하더라고요.

그렇게 시작한 이야기에서 친구는 정말 두 손을 꼭 잡고 마음의 문을 여는 것 같았어요. 유난히 밝아 보이던 사람에게서 들은 이야기가 너무 아팠거든요. 술잔을 따라주며 고개를 끄덕이는 것밖에 해줄 수 있는 게 없을 정도였어요. 꽤 마실 만큼 마셔서 집에 가려고 횡단보도에 섰어요. 저는 뒤돌아서 가야 하고 친구는 반대편으로 걸어가야 하죠. 잘 가라고 했더니, 한숨을 한 번 쉬고는 잘 가라고 하더라고요. 그날만큼은 누구도 웃기려 하지 않았어요.

친구와 멀어지면 멀어질수록 바람이 불었는데 슬픈 노랫말처럼 들리더라고요. 그 노래를 들으며 이런 생각을 했어요. 남보다 잘 웃는 사람은 남보다 많이 울어봤을지도 모른다는 생각. 유난히 밝아 보이는 사람은 마음에 멍이 많이 들었을 거라는 생각.

보통 사랑

아버지가 돈을 벌러 멀리 가시는 날이면 늘 냉
장고가 가득 차 있었다. 금방 만들어 먹을 수 있
는 재료들을 잔뜩 사오시는 뒷모습에서 사랑을
읽었다. 멀리 가기 전에 제일 먼저 걱정하신 게
내 식탁이었으니 말이다. 어릴 때 엄마가 학교
갔다 오는 나를 멀리까지 마중 나온 적이 있었
다. 그게 너무 좋아서 매일 데리러 와달라고 한
적이 있다. 엄마는 한 번도 싫은 내색 없이 친구
들과 노느라 한참 늦게 도착한 나를 예쁜 얼굴
로 맞이해주셨다. 그때 이후로 사랑하는 사람을

기다리는 일이 하나도 지루하지 않았다.

누나가 독립을 한다고 했을 때 잠시 서운했던 적도 있었다. 어느 날부터 누나의 이사가 자신만의 의지는 아니었다는 걸 조금씩 알게 되면서, 이 안에서 겪는 고통만큼 문밖의 삶도 힘들 거라는 생각이 들었다. 누나는 나에게 늘 좋은 것만 주었으니까. 조금 덜 아픈 상황을 주었고 좋은 음식을 사주었고 집 안을 깨끗한 곳으로 만들어주었다.

연인을 사랑했다. 한번 사랑을 시작하면 최소 몇 년은 한 사람만 만난다. 가장 짧은 연애가 일 년이 넘고 가장 길게 만난 건 오 년이었다. 나의 지난 연애는 따분하리만큼 반복적이었지만 소중했다. 비슷한 동네에서 같은 사람을 만나 자주 먹는 음식을 먹었다. 그렇게 나는 사랑을 이해했다. 나의 가족으로부터, 나의 연인으로부터 말이다. 물론 가족에게 배운 사랑은 뼈저리게 기억난다. 지금도 함께하며 살아가고 있으니까. 다만 사랑했던 연인들에게서 배운 사랑은 조금 다르다. 그 사람이 어떤 걸 좋아했는지는 기억나지 않지만 사랑의 냄새는 확실히 맡았다.

사랑은 늘 좋은 모습만 가지고 있지 않다. 저울에 올리지 않으면, 굳이 입을 크게 벌려 말하지 않으면 느껴지지 않을 때도 있다. 사랑은 웃는 날도 많지만 자주 울기도 한다. 가끔은 사

206

랑을 받을 때보다 그것이 희미해져갈 때 더 절실히 의미를 깨닫는다. 최소한 나에게 사랑은 그랬다. 너무 거창하지도 특별하지도 않았다. 많은 사람이 원하는 사랑 또한 다르지 않을 거라고 생각하면서 산다.

내가 너의 일상이 되고 네가 나의 하루가 되어주길 원하는 것. 가끔은 말하지 않아도 조금 알아주길 바라는 것. 터질 듯 슬플 땐 함께 울 수도 있는 사람. 나의 갈망이 너에게도 닿고, 너무 다른 우리가 서서히 같은 생각을 하며 사는 것. 평범한 삶이 가장 어려운 것처럼 우리가 원하는 사랑이 이토록 보통 사랑이라 어려운 걸지도 모르겠다.

비싼 밥을 먹고 번쩍이는 선물을 주고받는 것이

사랑은 아니라고 생각해요. 진짜 사랑다운 사랑이라면

을지로 어느 골목에서 자신의 열기는 잊은 채

손 부채질을 해줄 거예요. 서툴게나마 들어줄 거고

근사하진 않아도 진심으로 서로를 응원해줄 테죠.

서로가 서로에게 머문다는 이유로

삶의 많은 안개가 걷힐 거예요.

진짜 사랑은 그렇더라고요.

함께한다는 이유만으로 서로 더 좋은 사람이 되는 것.

선물

이상순

/ 다시 /

어느 날 동료 작가가 내게 메시지를 보냈다. 대학교 강연이 잡혔는데 대신 가줄 수 있냐는 이야기였다. 사정을 들어보니 일정도 안 될 것 같고 대학생들과 나이 차이가 얼마 나지 않아 이야기를 하기가 부담스럽다는 이유였다. 이게 좋은 일인가 나쁜 일인가, 내가 늙은 것인가 나 아직 젊은데, 라는 생각 사이에서 잠깐 고민하다가 알겠다고 했다. 나도 사람인지라 어쩔 수 없이 내가 지나온 시간을 살고 있는 사람들에게 더 애착이 간다. 대한민국에서 태어난 한 사람으로서 진로에 대한 고민을 제법 오래 했다.

강연을 주최한 친구에게 메일이 왔다. 알고 보니 대학교에서 주최한 행사가 아니라 어느 동아리에서 주최하는 행사였다. 어른이 날이라는 주제로 플리마켓과 강연을 여는 소소한 행사였다. 우리 집에서 강연장까지는 차로 운전해도 꼬박 한 시간 반이 걸리는 거리였다. 그래도 오랜만에 학교에 가는 거라 그런지 마음이 일렁였다. 흔쾌히 받아들인 건 어쩌면 이런 기분을 느끼고 싶어서였는지도 모르겠다. 학창시절의 내 점수로는 절대 꿈도 못 꿀 학교였는데 정말 세상 오래 살고 볼 일이다. 그런 곳에서 강연을 하다니.

수업시간 내에 강연이 잡혀 있어서 많은 사람이 오진 않았다. 그래서 더 좋았다. 일어서서 강연을 할까 하다가 인원도 많지 않고 날씨도 좋기에 돗자리에 오순도순 모여서 이야기를 했다. 대학생을 위해 무슨 이야기를 할까 생각하다가 그때의 내게 어떤 말이 필요했는지를 떠올리면서 준비한 이야기들을 꺼냈다.

많은 사람이 성인이 되어서도 부모님으로부터 독립하지 못한다. 엄밀히 놓고 본다면 축복이다. 부모님의 울타리 안에서 살 수 있을 만큼 가정이 어느 정도 탄탄하다는 뜻이니까. 나 같은 경우는 그게 되지 않아서 어렸을 때부터 모든 선택을 내가 내려야 했다. 열일곱 살짜리가 그 나이에 할 수 있는 선택이 아니라 서른일곱에나 내려야 할 선택을 해야 했다. 당시에는 정말 가혹하다고 생각했다. 나이에 맞는 삶을 사는 게 이토록 힘들까. 내 오랜 소원은 우리 집이 평범해지는 거였다.

그 창문 하나 없는 반지하 같던 시간을 견디고 문밖으로 나왔을 때, 문 앞에 웬 선물 하나가 놓여 있었다. 겹겹이 쌓인 리본 안에 들어 있던 것은 세상을 읽을 수 있는 눈이었다. 내가 선택을 내린 덕분에 쌓인 경험이 특별한 눈을 갖게 했다.

부모님으로부터 독립하면 가장 먼저 해결해야 하는 건 돈이다. 자취를 하면 월세를 내야 하고 자취를 하지 않더라도 휴대 전화 요금에 교통비에 돈 나갈 일투성이다. 모든 걸 스스로 하는 건 무리지만 어느 정도 독립을 하게 되면 가장 먼저 일을 시작할 것이다. 돈을 쓰려면 돈을 벌어야 하니까. 아르바이트를 구해봐야 최저시급이 얼마인지 알 수 있다. 일을 구하려고 구직사이트를 돌아다녀봐야 어떤 분야에서 어떤 사람을 원하는지 알 수 있다. 그건 움직이는 자만이 알 수 있는 것이다.

또 다른 이야기로는 여행 이야기를 했다. 젊다는 건 짊어져야 하는 가방의 개수가 적다는 것과 같다. 여행을 가기 위해서는 돈과 시간이 필요하다. 어린 나이에는 돈이 없다. 하지만 어른이 돼도 돈은 없다. 근데 시간마저 없다. 어차피 나중이 되면

둘 다 없으니까 시간이라도 많은 나이에 떠나라고 말했다.

여행이 좋은 이유는 독립과 비슷하다. 여행지에 가면 우리는 모든 걸 스스로 결정한다. 가이드가 있지 않은 이상 무슨 음식을 먹을까, 어떤 곳에서 잘까, 거기까진 어떻게 가며 몇 시까지 돌아다녀도 안전할까 등의 모든 걸 스스로 알아보고 실행한다. 그 과정에서 이 버스는 타면 안 됐구나, 이곳은 들은 것보다 조금 늦게까지 돌아다녀도 괜찮구나, 라며 경험치를 쌓는다. 그 경험치가 세상을 현명하게 살 수 있는 재료가 된다.

사는 게 너무 평탄하다고 느껴진다면 많은 질문들 앞에 스스로 선택을 내려보길 권한다. 시간이 흐르면 모든 일을 스스로 결정해야 할 때가 올 것이다. 조금이라도 회복이 빠른 나이에 많은 경험을 쌓는 것이 중요하다. 만약 모든 걸 내가 책임져야 해서 삶이 너무 버겁게 느껴진다면 선물이 오고 있는 중이라고 생각했으면 좋겠다. 아주 먼 곳에서 특별한 선물이 오고 있다고, 내 삶도 곧 아름다워질 거라고.

고갱

〉 져가는 태양과 적막 사이에 〉

이토록 멀리 떠난 건 마음이 아파서였다네. 강
가에 앉아 사연이 있는 사람처럼 술을 마시고
늦게까지 하지 못한 말이 있는 사람처럼 글을
썼다네. 만약 당신에게 함께 오자는 말을 했다
면 흔쾌히 받아들였을까. 걱정이 많은 사람이었
는데 덜컥 우산부터 챙기지 않았을까. 아니면
간절한 눈을 하고 내 옆에 꼭 붙어 있었을까. 묻
고 싶지만 물을 수 없다네. 당신은 내가 가진 심
장을 무서워했지. 늘 새로운 것을 필요로 하고
당신이 묻지 못하는 상처에서 벗어나기 위해 아

등바등 사는 것을 말이야.

때로는 거짓을 섞었어. 때로는 침묵했지. 그렇게 우리 사랑은 부풀었다네. 무엇으로 가득 차는지도 모르고 거대해진 풍경을 보고 우린 다시 또 사랑한다 말했지. 당신에게도 이유가 있었고 나에게도 이유가 있었어. 우린 서로를 탓할 수가 없다네. 당신은 새벽에 나를 잊었고 나는 당신을 쓰면서 잊었지. 그건 서로가 싫어하던 방법이었다네. 나 그래도 당신이 선물해준 그림을 문밖으로 가지고 나간 적이 없다네. 한밤중에 대문 앞에서 서성였던 적은 있어도 기약 없는 희망에 다시 걸어두었다네.

혹시 당신은 실수했을까. 우리가 멀어졌다는 이유 하나만으로 아름다웠던 시절을 깎아내렸을까. 그것만은 하질 않길 바랐는데. 나 그래도 너에게 좋은 사람이었을까. 당신의 부족함을 말하기엔 나 역시 부족한 사람이었으니 자주 침묵을 택했다네. 우린 그저 인연이 아니었을 뿐. 부적절한 시기에 함께해서 사랑이 오래 정박하지 못했을 뿐. 당신은 당신대로 나는 나대로 가치 있는 사람이었지.

사랑은 함께할 많은 날들을 약속하는 것이고 이별은 그날들이 사라지는 거지. 쌓아둔 추억이 사라지는 게 아니라 함께할 내일이 사라지는 거라네. 섬으로 함께 여행 갔던 어제가 슬픈 게 아니라 다신 갈 수 없다는 사실이 슬프다네. 유채꽃처럼 많던 웃음은 어디로 사라졌을까. 함께하고 싶었던 것들은 어디다 묻어야 할까. 그래도 우리가 함께한 시간이 서로에게 손바닥만큼은 빛났을까. 어떤 별자리처럼 빛났을까. 많은 방향등처럼 그저 의무적이었을까.

그 어떤 사실도 부인할 수 없고 그 어떤 사실을 받아들일 수도 없으니 우린 희미해지는 거겠지. 당신에게 전할 말을 쓰고 또 쓰다 보니 벌써 하루가 지난밤이 되었네. 저 멀고 먼 강 너머에서 아침 해가 뜰 거야. 어제는 저곳까지 달려가서 사라지는 해를 보다가 문득 강 위에 이름표를 붙이고 왔지. 당신 이름이었다네. 나도 이유는 알 수가 없어. 멀리 떠났기 때문에 말랑말랑해진 마음을 하필 해거름이 만졌어. 그렇게 여행이 만진 마음의 모양이 당신 이름이었을 뿐이라네. 나는 이 먼 곳에 앉아 당신에게 편지를 써. 사랑해. 사랑해. 나도 외로웠어. 당신 때문에 우는 날이, 하루아침에 지구가 사라질 것처럼 불안한 날이 많았어. 미안해. 미안해. 내 전부를 주어서 미안해.

유행이 빠르게 바뀌는 만큼 새로운 말이 매일 탄생한다. 예전에 대학교 다닐 땐 아싸라는 말이 유행했는데 요즘은 인싸라는 말이 유행한다. 유행의 중심에 있는 사람? 이 정도 뜻으로 해석하면 될 것 같다. 그들만의 용어를 정리한 글이 돌아다닐 정도로 특이한 말이 많다. 저번에는 한 독자분이 홍피를 아냐고 물어봤는데 "홍시 피클인가요?" 이렇게 대답했다.

정답은 홍대피플이었다. 내 대답을 들은 사람도 홍대피플이라는 대답을 들은 나도 모두가 충격이었다. 하루에도 정말 신조어가 몇 개씩 생긴다. 누가 어떤 말을 사용하든 나만 사용하지 않으면 된다고 생각했는데 감성충이라는 말은 좀 다르다. 이 말이 생기고 나서 사람들이 감정을 표현하는 걸 조금 삼갔다고 생각한다. 안 그래도 자기 이야기하기 각박한 세상에 무슨 표현만 하면 감성충이니 갬성이니 이러는데 누가 속마음을 말하겠는가.

시를 배우지 않아도 시를 쓰고 싶은 날이 있다. 글을 배우지 않아도 글로 감정을 표현하고 싶고, 고음만 올라가면 목소리가 쩍쩍 갈라져도 노래를 부르고 싶다. 예술은 그런 것이다. 잘하지 못해도 마음이 움직이면 그냥 하고 싶은 것. 나는 오히려 감성충이니 갬성이니 이런 말을 하는 사람이 안타깝다. 완벽하게 외우진 못하더라도 좋아하는 문장 하나 없는 삶은 너무 메마르다. 좋아하는 예술가가 한 명도 없는 것만큼 외로운 삶이 있을까.

부족할지라도 어딘가에서 자기만의 감정을 표현하는 사람을 응원한다. 그게 글이든 노래든 내 것이든 남의 것이든 상관없다. 자꾸 이야기하려고 한다는 사실이 중요하다. 슬프면 슬프다고 말하고 좋으면 좋다고 말하는, 내가 말하기 부끄러우면 누군가의 문장을 인용하기도 하는, 그런 사람들이 얼마나 멋있는지 모른다.

살다 보면 내가 원하지 않는 일을

매일 해야 할 수도 있습니다. 어쩌면

찾을 수 없는 곳을 갈구하며 살지도 모르죠.

잠들기 위해서 많은 불안은 지워야 할 겁니다.

그래도 다행인 건

몇 번씩 들어도 질리지 않는 노래가 있다는 것과

횡단보도 앞에 서면 떠오르는 사람이 있다는 것.

바깥세상이 버거울 때 잠시 머물 천국이 있다는 거죠.

조금만 둘러보면 알 수 있습니다.

산다는 게 그리 절망뿐은 아니라는 것을요.

가끔 괜찮은 것

많은 사람이 그런 말을 해요. 이기적으로 살면
안 된다. 배려하고 존중하며 살아야 한다. 그럼
요. 물론 좋은 말입니다. 한 가지 궁금한 건 우리
가 얼마나 이기적으로 살아봤을까요. 친구들과
의 술자리에서 내가 원하는 안주를 강하게 말
하는 건 이기적이라고 표현하기 좀 그렇잖아요.
어떤 어른이 나에게 용돈을 주면서 반반 나누
어 쓰라고 했어요. 근데 내가 6,000원을 가져가
고 누나한테 4,000원을 줬습니다. 그럼 이기적
인 걸까요? 인간은 어느 정도 비겁하고 어느 정

도 자신에게 유리한 선택을 내립니다. 그냥 그런 경우가 많습니다.

지난 삶을 돌아보면 이기적인 선택을 내렸던 순간이 거의 없습니다. 세상 모두가 대학을 가야 한다고 말하기에 대학에 들어갔습니다. 판단이 흐려진 것이지요. 많이 들리는 이야기를 따라 선택을 내리니까 내가 점점 없어지더라고요. 아버지가 아프셨을 땐 학교를 그만두고 아르바이트를 두 개나 뛰었습니다. 야간 아르바이트가 끝나고 비밀을 들킬 것처럼 밝은 아침, 많은 사람들이 출근하러 가는 길에 나 혼자만 반대편으로 걷는 기분은 이루 말할 수가 없지요. 비단 나뿐만 아니라 우리 누나도 우리 아버지도 우리 어머니도 나의 친구들도 그리 자신을 위해 살지 않았습니다.

나쁘다는 말은 아닙니다. 물론 그것도 그것 나름의 아름다움이 있지요. 공공의 이익을 위한 선택과 사랑을 기반으로 한 배려, 그리고 희생. 또는 사회의 규칙을 따르는 것. 이것을 어떻게 탓할 수 있겠습니까. 다만 걱정되는 건 과거의 그랬던 경험이 앞으로의 선택에도 많은 영향을 미친다는 겁니다. 퇴사하고 싶어 하는 사람이 있다고 생각해봅시다. 그럴 땐 나만 생각해야 하는데 같이 일했던 사람들과 가족을 생각하지요. 물론 깊은 생각을 하는 게 맞습니다. 하지만 여러 상황을 신경 쓰느라 내가 말라가고 있다는 걸 우린 눈치채지 못해요. 그렇게 힘들어지는 겁니다. 그게 쌓이고 쌓여서 어느 순간 갑자기 충동적으로 여행을 가거나 머리를 확 잘라버립니다.

타인을 위한 선택을 내리다 보면 내가 없어집니다. 우리 그렇게 이기적으로 살지도 않았어요. 내가 만나본 사람들은 그랬습니다. 특히 그렇게 남을 위한 선택을 내리는 사람들은 심지어 자신을 탓해요. 무언가 잘못되기만 하면 다 자기 탓으로 돌립니다. 우린 그다지 죄가 없고 그렇게 나를 위해 살지도 않았습니다. 사는 거 어차피 힘듭니다. 반복되는 일은 반복된다는 이유로, 새로운 것은 새롭다는 이유로 힘들지요. 사랑을 유지하는 것도 사랑을 지우는 것 또한 어렵습니다. 어차피 무엇을 해도 힘들 거라면 가끔은 나를 위한 선택도 내려봅시다. 조금 이기적이어도 괜찮습니다.

너를 만나러 공항에 간다

만약 죽기 전에 어느 한 곳을 다녀올 수 있다면
공항에 가고 싶다. 아니면 어느 종착역에 다녀
오고 싶다. 우연히 탔던 기차가 종착역에서 멈
췄을 때, 오늘 하루도 좋은 날이었으면 좋겠다
는 기장님의 따뜻한 방송을 들은 적이 있다. 그
정도의 온기면 죽는 게 무섭지 않을 것 같다. 떠
나는 것과 머무는 것. 누구는 여행을 가고, 누구
는 고향을 가고, 누구는 일 때문에 머무는 곳. 공
항이나 기차역은 그렇게 다양한 물감이 마구 칠
해져 있다.

공항에서 한 사람을 기다렸다. 여행에서 돌아온 당신을 마중 나간 거였다. 사실 당신의 나라는 다른 곳인데 이곳을 무척이나 좋아해서 마치 고향으로 돌아오는 사람 같았다. "언제부터 여행을 떠나게 된 거예요?"라는 질문에 "그냥"이라고 말하던 사람. 한 번 더 묻자 그제야 자신이 좀 더 넓어지는 것 같아서 떠난다고 했던 여행과 결혼한 사람.

당신은 가방 가득 짐을 꾸리는 사람이 아니었다. 도피라고 봐도 좋을 일 년짜리 여행 때도 가방은 고작 하나였다. 비슷한 옷을 입는 것쯤은 아무런 문제가 되지 않는다는 듯 소매가 길게 내려오는 옷을 좋아했다. 커피를 마실 땐 항상 따뜻한 커피를 두 손으로 잡았다. 술은 마시지도 않았고 시끄러운 곳을 지날 때면 팔짱을 끼고 걸었다. 여행지에서도 다음 여행지를 찾는 지독한 습관을 지닌 사람.

당신은 그곳에서 몇 번 사진을 보냈다. 내가 좋아하는 것과는 다른 깔끔한 건물 외벽 사진이었다. 내가 놀랐던 건 작은 가방 하나를 들고 떠난 당신이 내가 쓴 글을 품고 다닌다는 사실이었다. 그 먼 곳까지 무엇하러 가져갔냐고 말하면 토라지곤 했다. 나는 그렇게 부끄러움이 많은 사람이었고 당신은 사랑한다고 말할 줄 모르는 사람이었다.

당신이 나보다 훨씬 똑똑했으니 사실 마중을 나가지 않아도 됐을 것이다. 어느 곳에서든지 당신은 현명하게 살 테니까. 내가 당신에게 다가갔을 때 당신이 그랬다. 말을 잘하는 사람을 조심해야 한다고. 그래서 당신은 나를 조심할 거라 말했다. 어쩌면 당신의 말이 맞았는지도 모른다. 우리는 서로에게 위험한 사람이었을지도 모른다. 국적이 달랐고 언어가 달랐고 살아온 모든 날이 달랐으니까. 그래도 기차역 앞에 주저앉아 함께 음식을 먹던 날 배웠다. 사랑에는 어떤 번역도 필요가 없다는 것을.

공항에서 머리를 수십 번 만지며 내가 서 있는 곳이 올바른 곳인지를 생각할 때쯤 당신이 나왔다. 우리의 뒷모습은 사진 같았을지도 모른다. 피곤해 보이던 당신과 함께 같은 집으로 가고 싶다는 생각을 했다. 당신이 든 가방의 냄새를 맡으며 낯선 냄새가 난다고 다시는 떠나지 말라고 말하고 싶었다.

하지만 나는 그날 아무것도 말하지 못했다. 여느 날과 다를 것 없이 그냥 당신과 함께 걷는 게 전부였다. 무슨 마음인지는 모르겠는데요. 그냥 자꾸 당신 생각이 나네요. 며칠 떠난 것뿐인데 당신에게 낯선 바람이 묻어 있는 것 같아요. 다시는 떠나지 않으면 안 될까요. 같이 세상의 규칙을 어겨보자며 당신 앞에서 울고 싶었다. 그런 날이었다.

돈키호테

많은 사람이 꿈과 현실 사이에서 고민한다. 안정적인 수입을 위해서 살아야 하는지, 좋아하는 일을 하며 살아야 하는지 궁금해한다. 이런 질문을 자주 받기도 했고 또 오래 고민하기도 했다. 나는 단 한 번도 하고 싶은 게 없었던 적이 없다. 이렇게 말하면 모두가 부럽다고 한다. 하지만 내 삶에만 집중할 수 있는 상황은 단 한 번도 주어지지 않았다. 책임져야 할 것도 많았고, 해결해야 할 문제들이 끊임없이 나를 따라왔다. 예술을 하고 싶었는데 돈이 너무 많이 든다. 언제 빛을 볼지 알 수 없는데 집에는 계속 바람이 분다. 그럼 창문도 고치고 불도 좀 지펴야 하지 않겠는가. 언제까지 앉아서 노래만 부를 수는 없다.

그럴 때면 돈키호테를 생각한다. 돈키호테는 17세기경 스페인의 한 마을에 사는 사람이, 기사 이야기를 너무 탐독한 나머지 스스로에게 돈키호테라는 이름을 붙이고, 모험을 떠나는 이야기를 담은 소설이다. 풍차를 거인이라고 생각해서 습격하기도 하고 어떤 공주에게 편지를 전하고 싶어 하기도 한다. 정상처럼 보일 리 없는 그는 가는 곳마다 조롱의 대상이 되었으나 이상에 대한 신념을 잃지 않는다. 이상과 현실을 잘 표현한 작품이다.

나는 그게 무엇이 됐든 꿈을 꾸며 살아가는 모두를 돈키호테라고 생각한다. 그리고 우리 같은 돈키호테들이 지하철에 타보기를 바란다. 아무리 허무맹랑한 꿈을 꾸고, 어떤 조각 하나 나오지 않는 땅을 파고 있더라도 현실을 생각하길 바란다는 말이다. 내가 무사가 되고 싶다고 해도 21세기에 말을 타고 길거리를 뛰어다닐 수는 없다. 최소한 지하철을 타고 버스를 타고 현실로 나가야 한다. 꿈도 현실을 생각해야 하고, 현실도 꿈을 생각해야 한다. 그 어느 쪽도 무너져서는 안 된다고 생각한다. 그럼 무사가 칼 없이 지하철을 타는 것이고, 칼은 있는데 강남

한복판에서 말을 타고 다니는 거랑 똑같다.

만약 꿈과 현실 중에 꼭 하나만 선택해야 한다면 꿈을 선택하길 바란다. 그것을 따라가다 보면 우리 사회에서 그토록 필요한 돈도 충족된다. 이 이야기를 완벽하게 전달해줄 실제 인물을 찾고 있었는데 지난 여행에서 찾았다. 인도에 가면 김선재 아저씨가 산다. 인도 사람인데 이름이 김선재다. 바라나시라는, 죽음과 삶이 공존하는 그곳에 대문짝만 하게 '선재네 보트'라고 한글로 쓰여 있다. 심지어 나보다 글씨도 잘 쓴다.

선재 아저씨한테 바라나시 안내를 받으면서 알게 된 사실인데, 한국이 너무 좋았단다. 그래서 한국어학당에서 일 년 동안 공부를 하게 됐는데 그때 마침 선재 아저씨를 후원해주신 분이 아주 유명한 시인이셨다. 일 년 동안 공부하면서 한국 문화와 한국말을 배웠다. 선재 아저씨는 돌아와서 바라나시에서 한국인을 위한 가이드를 시작했다. 얼마나 문화를 잘 이해했느냐면 메신저로 상담도 해준다. 비싼 가격에도 불구하고 사람들이 앞다투어 투어를 신청한다. 옆에는 친형이 운영하는 짜이를 파는 집이 있고, 그 뒤에는 자기가 운영하는 게스트하우스와 동생이 하는 한인 식당이 있다. 그 정도면 바라나시에서는 정말 성공한 삶이다.

첫 시작은 그냥 좋아서였을 것이다. 우리가 꿈꾸는 무엇처

227

럼 단지 좋아서 시작한 일이 그렇게나 많은 성과를 가져다준 것이다. 어쩌면 좋아서 시작했기 때문에 더 큰 성과가 돌아왔는지도 모른다. 사랑을 하면 통증이 잘 느껴지지 않아서 조금 더 멀리 갈 수 있다. 꿈과 현실은 조화가 중요하지만, 만약 세상이 무너져서 단 하나만 선택해야 한다면 그래도 꿈을 선택하길 바란다. 완주의 여부와는 상관없이 목적지가 있다는 사실이 우리를 좀 더 가슴 뛰게 하니까.

정준일

/ 안아줘 /

떠난다고 해서 모두 여행은 아니다. 입을 맞췄
다고 모두 연인이 되는 건 아니다. 넓은 광장 한
복판에서 한 사람을 만났다. 한국인은 우리밖에
없었는데 어떻게 알았는지 마주치자마자 단번
에 한국말로 인사를 건넸다. 저쪽에 앉아 있는
그에게 어떻게 기차를 예매하는 건지 물어보려
고 가까이 갔는데 발밖에 안 보이는 것이다. 동
네에 사는 현지인들도 맨발로 다니는 걸 못 봤
는데 이 사람은 맨발이었다. 흔히 여행자들이
하는 인사를 주고받고 조심스럽게 발을 가리켰

다. 맨발이시네요.

"기차를 타다가 신발 한쪽을 잃어버렸어요. 그래서 그냥 남
은 한쪽도 버렸어요."

굉장했다. 같은 나라에 두 번 여행을 오면 나도 이렇게 될
수 있을까. 다행히 우리가 가야 할 동네와 이 사람이 머무는 곳
이 같았다. 어차피 숙소로 돌아가야 했다며 같이 가자고 했다.
그는 우리에게 입구에서 조금 걸어서 나가야 택시가 잘 잡힌다
는 것과 누군가와 함께 탈 땐 가격을 깎아야 한다는 걸 알려주
었다. 같은 택시를 타고 번잡한 시장을 지나 미로 같은 골목을
걸었다. 꽤 많이 움직였는데 그는 맨발을 한 번도 불평하지 않
았다. 오히려 우리보다 걸음이 빨랐다.

덕분에 가야 할 곳에 잘 도착했다. 만약 나였다면 숙소로
돌아가 신발부터 신었을 것 같다. 그는 저녁에 만나 함께 밥을
먹자고 말하더니 약속이 있다며 다시 맨발로 왔던 길을 돌아갔
다. 방에 들어가 오래 들고 있던 가방을 던지다시피 내려놨다.
저무는 태양이 넓은 창문을 통해 실내로 들어오고 있었다.

나는 이 먼 곳까지 와서 무엇을 잡고 있었던 것일까. 여행
을 떠났으면서 팔이 타는 걸 걱정하며 지냈다니. 절반도 사용
하지 않을 거면서 이토록 무거운 가방을 들고 떠나다니. 여행
을 누리고 있지 못한 내가 싫어서 머리를 헝클어트렸다. 한쪽

을 잃어버리면 남은 한쪽도 잃어버리면 된다. 그리고는 아무 일 없었다는 듯 살면 된다. 꼭 신발을 신지 않아도 어디든 갈 수 있다.

봄처럼 짧았던 사랑과 영원을 믿고 싶던 날이 지나면

마음에 벽 하나가 생긴다. 함께해서 좋은 날만큼

마음 미어지는 날도 많았으니까. 아픈 일이 생기는 것보다

조금 밋밋해도 상처 없는 혼자가 나으니까.

근데 가끔은 누군가 담을 허물어줬으면 좋겠다.

아무 허락 없이 들어와 내가 가진 모든 기준이 무너져버렸으면.

그래서 어쩔 수 없었다는 말로 다시 또

사랑에 속아 보고 싶다.

눈 뜨면 생각나는 사람

rachael yamagata
/ you won't let me /

시간이 흐르고 나이가 들면 모든 게 무뎌지기
시작한다. 가장 무뎌지는 건 사랑에 대한 반응
이 아닐까 한다. 같이 해보고 싶은 게 많았던 옛
사람이 생각날 때면 그 사람이 그리운 줄 알았
다. 요즘 드는 생각은 그 사람이 아니라 그 시절
이 그리운 것 같기도 하다. 사랑 때문에 마음이
펄펄 끓기도 했던, 한 사람이 내 인생의 전부가
되기도 했던 시절 말이다.

이제는 아무 얼굴도 기억나지 않는다. 눈을
감아도 그리운 사람이 없고, 눈을 떠도 보고 싶

233

은 사람이 없다. 이토록 미지근한 상태가 오히려 무섭다. 태풍이 오기 전 고요한 것처럼 사랑이 삭세뇌기 전 하나의 증상 같다.

사랑이 끝나고 그 사람을 죽도록 미워했던 적이 있다. 아니면 이해하기 위해서 모든 걸 다 쏟아붓기도 했다. 이제는 누군가를 이해하려 들지도 미워하지도 않는다. 안녕이라며 손을 흔드는 것도 애정이라는 힘이 있어야 가능한 것이라 그런지 안녕이라 말하고 싶은 사람이 없다. 보고 싶은 사람, 그리운 사람, 미운 사람이 없다는 게 과연 괜찮은 삶일까.

사랑하는 사람이 있다는 건 하고 싶은 일이 있다는 것과 같다. 아무런 성과가 없어도 계속 나아갈 힘이 있는 것처럼 사랑하는 사람이 있다면 삶이 밝아진다. 낯선 해외로 여행을 떠났는데 우연히 인터넷을 돌아다니다가 내일 낮에 가보고 싶은 카페가 생긴 기분이다. 보통 때라면 알람이 울리더라도 몇 번이고 넘겼을 텐데, 어쩌면 알람이 울리기 전에 일어날 수도 있다. 사랑이란 게 그렇다. 사랑하지 않아서 그런가? 거울을 본 지도 오래된 것 같다. 거울 앞에 서서 몇 번이고 만져도 달라질 일 없는 머리를 계속해서 만지고 싶다.

한 사람으로 하여금 우는 날이 많았으면 좋겠다. 몸서리치다가 겨우 잠든 날, 꿈에서도 그 사람을 만나고 싶다. 당신이 좋아한다는 이유 하나만으로 평생 입어보지 않은 색깔의 옷을 입고 당신을 만나러 갔으면 좋겠다. 당신에게 쓸 편지를 몇 번이고 고치다 다 해진 종이를 새것으로 바꾸고 마치 한 번에 썼다는 듯 건네주고 싶다. 사랑하고 싶다. 아침에 눈을 뜨면 생각나는 사람이 있었으면 좋겠다.

잘할 수 있을 거예요

멀리 떠난 적이 있습니다. 인도였지요. 기껏해
야 일본이나 몇 번 왔다갔다했던 저에겐 가장
먼 여행지였습니다. 왜 하필 인도였냐는 질문을
말할 때마다 들었어요. 멀어서였습니다. 언제
가보겠습니까. 조금이라도 젊을 때 멀리 낯선
곳으로 가봐야지요. 친한 친구 한 명과 함께 떠
났습니다. 숙소랑 비행기표만 예약하고 대충 이
렇게 지내면 되겠다 싶었는데 걱정도 되더라고
요. 그렇게 멀리 떠나 본 적은 없으니까요. 인터
넷에 검색도 해보고 자랑도 하고 싶어서 여기저

기 이야기했더니 위험하다는 말 천지입니다. 사기꾼이 많고 모기가 많고 덥고 습하고 치안이 안 좋고. 좋은 점도 분명 많을 텐데, 낯설어서 그런지 위험한 것만 보이더라고요.

보건소에 가서 예방접종도 했어요. 주사란 주사는 다 맞으려고 했더니 의사 선생님이 웃으시더라고요. 오지에 가는 거 아니면 이 정도까진 안 해도 된다면서요. 멋쩍어서 친구랑 커피를 사러 가면서 계속 웃었습니다. 우린 새벽에 도착했습니다. 두 시쯤이었는데 한국은 더 늦은 시간이었겠죠. 완전 낯설던데요. 질서가 하나도 없던데요. 그 늦은 시간 택시를 잡아타던 기분을 아직 잊지 못합니다. 한국은 추웠는데 인도는 후덥지근했거든요. 여기저기서 들리는 모든 언어를 하나도 알아들을 수 없었습니다. 끈적거리고 숨 막히는 온도에 몸이 채 적응하기도 전에 온몸에 처음 느껴보는 피가 흐르는 기분이랄까. 아프진 않지만 충분히 짜릿한 전기가 흐르는 기분이었습니다.

인도는 연착의 도시입니다. 버스가 30분 늦는 건 일도 아니고 어떤 기차는 하루나 늦게 도착한답니다. 이것 또한 얼마나 걱정이었는지요. 시간이 귀했던 우리는 어딘가로 이동할 때마다 불안해했습니다. 가보고 싶은 곳을 다 둘러보지 못할까봐요. 다녀온 지 몇 개월이 지났는데 자주 생각이 나네요. 여유가 생기면 오래 머물러보고 싶습니다. 걱정이 참 많았는데 잘 다녀왔어요. 물갈이를 하긴 했습니다만 약국은 근처에 있었습니다. 기차가 연착되긴 했지만 아침을 조금 늦게 시작하면 됐습니다. 가져갔던 약은 다 먹지도 바르지도 않았어요. 모기도 두 방 밖에 안 물렸거든요.

걱정이라는 게 참 그래요. 어느 정도 선까지만 하면 분명 좋은 녀석인데 우린 그 선을 지키기 어려워합니다. 걱정은 자라나는 속도가 빠르거든요. 대개 사람은 아직 경험해보지 못하고 가보지 않은 곳을 두려워합니다. 내게는 인도가 그랬지요. 책을 낼 때가 그랬지요. 책이 세상에 던져지기 전에 얼마나 불안한지 모릅니다. 세상 사람들이 어떻게 읽어줄지 하나도 알 수 없어서 그렇겠죠.

어떤 사람의 글을 읽은 적이 있는데 온통 걱정투성이였습니다. 다음 달이면 일을 하게 된다는데 삼교대라는 근무 환경도 태움이라는 악습도 걱정된다네요. 자기가 그 일을 잘할 수 있을지, 잘 적응할 수 있을지 오랜 시간 동안 걱정하더라고요. 아니나 다를까 걱정은 걱정을 낳았고 꽤 오랜 시간을 괴롭게 지냈습니다.

내세울 거라고는 남들보다 조금 더 많은 경험을 했다는 것 하나밖에 없지만 제가 느낀 건 그래요. 다 사람이 하는 일이더라고요. 걱정하던 일은 일어나지 않는 경우가 많더라고요. 내가 듣고 상상했던 것보다 별일 아닌 경우도 많습니다. 이제 그만 걱정해요. 우리는요, 우리가 생각하는 것보다 많은 가능성을 가지고 있어요. 우리가 생각하는 것보다 훨씬 더 현명하고 훨씬 더 많은 힘을 가지고 있습니다. 나 봐요. 그렇게 걱정했는데 얼굴 조금 타고 잘 돌아왔는걸요? 이제는 자신을 좀 믿어주세요. 잘할 수 있을 거예요.

손 뻗으면 닿을 사람

한때 했던 가장 큰 착각이 있다. 많은 사람과 함
께하는 것이 더 괜찮은 사람이 되는 거라 생각
했다. 가끔은 원하지 않는 자리에 앉아 있기도
했고 별다른 공통점이 없는 사람과 술을 마시기
도 했다. 모두를 사랑하려 했고 모두에게 사랑
받으려 했다.

　나도 누군가를 떠나고 누군가도 나를 떠나
가면서 느낀 건 내 곁에 머무는 사람의 숫자보
다 그들과의 간격이 더 중요하다는 거다. 아무
리 많은 사람이 곁에 있어도 나와의 거리가 멀

240

다면 언제나 춥고 외롭다. 하지만 한 사람이라도 살이 닿는 거리에 있다면 우린 또 살아갈 수 있다.

몇 백 개가 넘는 연락처보다 터놓고 이야기할 수 있는 한 사람이 더 소중한 법이니까. 넓고 공허한 것보단 좁지만 깊은 사이가 좋다. 너무 많은 것을 가지려 하다 보면 언제나 소중한 걸 잃는다. 너무 많은 사람을 곁에 두기 위해 나를 잃지 않길 바란다. 손 뻗으면 닿을 수 있는 사람과 함께 자주 행복하길 바란다.

행복해질 시간

올해 가장 아름다웠던 건 단풍이었다. 색이 너무
진해서 자꾸 걷고 싶게 만들고 어딘가로 떠나고
싶게 만들었다. 신기한 건 나뿐만 아니라 많은
사람이 그렇게 느꼈다는 거다. 나에게만 특별했
던 게 아니라 올해는 유난히 예뻤다. 맑은 하늘
이 며칠 없어서 그랬을까. 불충분하게 뜨거웠던
여름 탓일까. 가장 추운 겨울이 될 거라고 미리
겁을 줘서 그럴지도 모른다. 아무튼, 올가을만큼
은 가능한 한 천천히 지나갔으면 했다.

만나는 사람들에게 단풍 참 예쁘지 않냐는

이야기를 했더니 모두가 공감했다. 그리고 들려오는 말은 이랬다. "나이 들었나 봐요. 예전에는 단풍 예쁘다는 거 잘 몰랐는데." 어른의 소유물이라고 느꼈던 단풍놀이가 자신에게도 성큼 다가오자 나이 들었다고 느낀 것이다. 그럴 때마다 같은 답을 했다. "우리가 물론 나이를 먹고 있는 건 맞지만 올해 여름이 너무 더웠던 것만큼 예뻤어요. 갑자기 확 나이가 들었다기보다는 그냥 단풍이 예뻤던 것 같아요."

올해도 거의 다 끝나간다. 일출을 바라보며 많은 다짐을 한 지 얼마 되지 않은 것 같은데 시간이 이렇게나 흘렀다. 고등학교를 졸업하면서 이제 어른이 됐다는 서툰 생각에 배짱 두둑하던 모습도 많이 흐려졌다. 한 살, 한 살 나이를 먹을수록 점점 더 시간이 빠르게 흐른다. 보통 무언가를 기억할 때 잔상이 강하게 남은 일을 지표로 사용한다. 나이가 들면서는 새로운 기억이 줄어드니까 딱히 기억나는 게 없어서 점점 시간이 빨리 가는 것처럼 느껴진단다. 매 순간이 새로웠던 지난 시절과 다르게 어제가 오늘 같고 오늘이 내일 같은 삶을 살고 있으니까.

특별한 일이 일어나지 않는 한 시간은 점점 더 속도를 낼 것이다. 어차피 빠르게 흘러갈 시간이라면 의미 있는 일을 하면서 지내고 싶다. 기다리기보다는 먼저 다가가고, 미워하기보다는 사랑하며 살고 싶다. 시간이 흐른다는 것만큼 아까운 건

없으니까. 언제가 될지 모르는 미래와 지금을 맞바꾸며 살고
싶지도 않다. 우리가 행복해질 시간은 지금이니까.

남들보다 조금 더 여유 있게 사는 것도

어떤 문제도 해결할 수 있는 지식을 채우는 것도 좋지만

가장 중요한 건 내 곁에 있는 사람이다.

외롭지만 외롭지 않게 살 수 있는 것도

여전히 부족한 우리가 많은 문제 앞에 던져져도

살아갈 수 있는 건 누군가와 함께하기 때문일 것이다.

정서가 맞는 마음 편한 사람들.

삶의 가장 큰 축복은 좋은 사람이 곁에 있다는 것.

사람만큼 만족하지 못하는 동물도 없다. 집 바
로 앞에 공원이 있다. 작은 공원이라고 부르기
에는 너무 큰 나무가 있는 곳. 이곳을 두고 자주
한강을 간다. 물가가 그리운 이유도 있지만, 집
앞보다 조금 멀리 떨어진 곳이 더 좋을 거라는
편협한 생각 때문이다. 글이 잘 써지지 않아서
날을 꼬박 샜다. 해가 뜬 상태에서 잠드는 걸 좋
아하지 않는데 이제는 이 생활도 익숙하다.

맑은 공기를 마시면 한 줄이라도 더 적을 수
있을까 싶어서 공원을 걸었다. 지칠 대로 지친

상태라 내 몸이 푸석하다는 게 느껴질 정도다. 가을이니까. 가을이니까 잠시만 낙엽처럼 바스러지기로 한다. 처음에는 나밖에 없었는데 날이 밝으면서 다양한 사람들이 모였다. 그 부지런함이 부러웠다. 아침 7시 이전에는 절대 일어날 수 없는 내 신체 리듬과는 전혀 다른 삶이었으니까.

저 사람들 눈에 나는 어떻게 보일까. 일찍 일어난 학생으로 보일까. 백수로 보일까. 산책을 좋아하는 작가로 보일까. 어떤 어르신은 내가 많이 글썽이고 있다는 걸 눈치 채고 계실까. 나 빼고 다 좋아 보이는데 말이다. 어쩌면 나에게 별 관심이 없을 수도 있다. 그냥 공원에 있는 사람 그 이상 그 이하도 아닐 수도 있고, 내 존재 자체를 인식하지 못할지도 모른다.

타인이 나를 어떻게 바라볼지 의식하는 순간 우린 추던 춤을 멈추게 된다. 반대로 동의 없이 타인을 판단하다 보면 마음이 딱딱하게 굳는다. 그런 사람은 이목구비가 아무리 뚜렷할지라도 옹달진 사람처럼 보인다. 공원을 걷는 어떤 사람은 걷지 않으면 살아갈 수 없는 사람일지도 모른다. 어쩌면 세상 모든 골목을 걷다가 이제야 이곳으로 왔는지도 모른다. 아침 산책을 하면서 깨달은 건 함부로 생각하지 않겠다는 다짐과 내가 잠든 사이에도 여전히 해는 뜨고 있었다는 사실이다. 아침 햇살 한 번 눈부시다.

어른스러운 사랑

나이를 잊고 사는 편이다. 예전에는 누가 나보
다 몇 살 어린지 몇 살 많은지 정확히 기억했지
만 이젠 나보다 나이가 많은 사람, 어린 사람으
로만 기억한다. 심지어 가끔 내 나이도 까먹는
다. 바쁘게 사는 게 이유일 수 있겠지만 가장 큰
이유는 나이는 숫자라고 생각하고 싶어서다. 잊
고 살면 정말 숫자처럼 느껴지는 경우가 있다.
아무리 그래도 나이 들어가고 있다는 걸 느낄
때가 있는데 항상 의외의 순간이다.

주변에서 한두 명씩 결혼을 하거나 예비군

이야기가 민방위로 바뀌고 조카가 생긴다는 소식을 들었을 때다. 아니면 누군가의 생년월일을 들었는데 너무 아득한 숫자처럼 느껴진다든가. 요즘 가장 나이 들었다는 걸 느낄 때는 친구들을 만났을 때다.

며칠 전 오랜만에 친구들을 만났다. 고등학교 때부터 친했던 친구들이라 가장 편한 모습으로 만나서 술을 마셨다. 예전 같았으면 시답잖은 이야기나 좀 하다가 술이나 진탕 먹었을 텐데 말할 때 사용하는 단어들이 달라져 있었다. 주택청약은 들었냐는 이야기와 어버이날에 아버지 산소에 다녀왔다는 친구의 말. 연인과 함께 사는 친구는 누군가와 같이 산다는 것의 장단점을 알려주었고 전혀 예상하지 못한 친구의 결혼하고 싶다는 말에 자연스럽게 사랑 이야기를 시작했다.

인연인 줄 알았지만 인연이 아니었던 사람. 영원할 것 같았지만 결국 스쳐 지나간 사람. 지나온 사랑과 앞으로의 사랑 이야기를 했다. 나이가 들어서 좋은 점 하나를 찾을 수 있었다. 몇 년이 지나고 지금을 생각해보면 그때도 마냥 어렸다고 생각할 수 있겠지만 어른이 되어가면서 좋은 건 사랑이 성숙해진다는 것이다.

잠시라도 연락이 안 되면 불안하고, 이해할 수 있는 그릇의 크기가 작아서 다투기 바빴던 지난날과는 다르게 기다리는 방

법도, 상대방 입장이 되어보는 것도 조금씩 알게 됐다. 사랑은 전부지만 전부가 아닐 때도 있다는 것과 선택에는 책임이 따른다는 것도 알게 됐다. 설렘 같은 순간의 감정보다 익숙한 편안함이 더 좋아진다는 것도 큰 변화였다.

　이제는 어른스러운 사랑을 하고 싶다. 갑자기 달아오르는 사랑보다 아무런 상처도 생기지 않을 정도의 온도로 오래 함께하고 싶다. 나와 비슷한 생각을 가진 사람을 만나 어른스러운 사랑을 하는 것. 이제는 그런 연애를 꿈꾼다.

당신, 참 좋은 사람이다

살면서 착하다는 말을 참 많이 한다. 그 사람 착
해요. 저분 성격 어때요, 착한가요? 착하다는 것
의 정의는 무엇일까. 상대방에게 많이 맞춰주는
사람? 무조건 참는 사람? 한 번도 욕을 해본 적
이 없거나 쓰레기를 주머니에 넣고 다니다가 쓰
레기통에 버리는 것? 정확하게 표현할 수는 없
다. 하지만 확실한 건 이 세상이 흔히 착하다고
불리는 사람들이 살기 좋은 세상은 아니라는 것
이다.

　친구 녀석 중에 알겠다, 괜찮다라는 대답을

달고 사는 친구가 있다. 서비스직에서 일하는 친구인데 휴대 전화 판매를 한다. 어느 날 술자리에서 친구가 계속 휴대 전화를 붙들고 있기에 도대체 누구랑 그렇게 연락하느냐고 물었더니 고객이란다. 고객이랑 이 시간에 무슨 이야기를 하냐니까 웹 사이트 ID, 비밀번호 찾는 방법을 몰라서 밤 11시에 메시지를 보냈단다.

내 상식으로는 이해가 되지 않았다. 요즘은 휴대 전화를 판매하면 맞춤 지식인 서비스도 제공되는 세상인가. 물론 나이가 많으시거나 휴대 전화 사용이 익숙하지 않으면 그럴 수 있다. 하지만 이야기가 끝났을 때 고맙다는 말 한마디 없었고 아무리 그래도 그렇게까지 늦은 시간에 전화를 하는 건 아니라고 생각했다. 친구도 이건 아니라고 생각했는지 한숨을 쉬었지만 친절하게 응대했다. 이 친구 같은 사람을 착한 사람이라고 부르는 경우가 많을 것이다.

돌이켜보면 착한 사람에 속하는 날들이 많았다. 남을 의식해서 그런 건 아니었지만 그냥 좋은 게 좋았다. 언성을 높이면서 무언가를 하기보다는 내가 좀 손해 보는 느낌이 들더라도 기분 좋게 일하고 싶었다. 예전에 병원 사보 쓰는 일을 맡았는데 보통 이런 작업은 따로 계약서를 쓰지 않는 한, 먼저 입금한 후에 진행된다. 그때 나한테 카피를 의뢰했던 디자인 회사가 너무 급하다는 것을 강조하기에 계약서도 쓰지 않고 선입금도 받지 않았다. 이틀 밤을 꼬박 새워서 카피를 넘기고 답장을 기다리고 있는데 전화가 왔다. 내가 쓴 카피를 사용하지 않게 돼서 비용 지급은 못하겠지만 고생하셨으니 오만 원을 보낸다는 이야기였다.

갑자기 이게 무슨 소리인가 싶어서 온몸에 피가 돌기 시작했다. 완성된 사보를 확인해보니 내가 쓴 글에서 조금만 바꾸고 전체 컨셉은 유지한 상태였다. 기분이 너무 나빠서 고소하려고 자료를 다 모아놨으나 엮이기도 싫어서 멈췄다. 아마 그 사람들 눈에 나는 착한 사람이었을 것이다. 마감을 칼 같이 지켰고 급하다는 말에 비용도 먼저 받지 않고 진행했다. 원하는 요구 사항 또한 다 들어줬다.

사랑을 할 때도 비슷하다. 애정전선에 어떤 흔들림도 주지 않고 매번 잘해주는 착한 사람은 상처받는 경우가 많다. 사랑에 실패했을 때도, 내 카피를 쓰지 못하겠다는 전화를 받았을 때도 스스로를 많이 탓했다. 내가 조금만 더 계산적이었다면, 확실하게 선을 그었다면 이런 일이 일어나지 않았을까? 그렇게 점점 착하지 않은 사람이 되려고 노력했다. 근데 나는 안 되더라. 내 방식대로 하는 게 편하다. 나는 급하다고 하면 그 사람을 믿고 일을 진행해보고 싶고, 익숙해지면 소중함을 잊는다고 해도 한없이 잘해주고 싶다.

착한 사람이 손해 보는 건 내가 잘못된 것이 아니라 세상이 잘못된 거다. 선한 사람을 아름답게 보는 게 아니라 그걸 이용하는 사람이 이상한 거다. 착한 사람의 문제는 아니라고 생각한다. 누군가 당신을 미련하게 볼지라도 자신에게 맞는 방식대로 살았으면 좋겠다.

당신, 참 좋은 사람이다.

그림을 배워보고 싶어서 찾아간 작은 화실.

그곳에서 처음 한 일은 넓은 도화지에 몇 번이고

세로 선을 길게 긋는 거였어요.

한 장을 가득 채우면 그다음 장에는

다시 가로 선을 길게 그렸죠. 무엇을 그리기 위해서는

내가 원하는 대로 선을 그을 줄 알아야 한다네요.

내 마음과 다르게

자꾸 휘어지는 연필심을 보면서 생각했어요.

선 하나도 제대로 그리기 어려운데

사는 게 마음먹은 대로 될 리는 없을 거라는 걸요.

행복의 시작

주변을 보면 세상 모든 것을 다 하려는 사람이 있다. 그림도 그리고 싶어 하고, 노래도 하고 싶어 하고, 춤도 추고 싶어 한다. 친한 동생이 그랬다. 몇 해 전에는 나도 그랬다. 열정이 넘치는 나이라서 그랬을 수도, 치기 어린 오만이었을 수도 있다. 물론 지금도 내가 많은 것을 해낼 수 있을 거라 믿는다. 하지만 시간이 흐르면서 알게 된 것은 모든 일을 다 할 수는 없다는 것이다.

사람마다 다룰 수 있는 일의 범위가 다르고, 총량이 늘어나기도 하지만 어느 정도의 한계는 있다. 시간은 누구에게나 유한하기 때문이다. 그 친구와 같이 작업을 했을 때 내가 걱정했던 게 그 부분이었다. 모든 것을 다 하려고 하는 성향이 언젠가 문제가 될 것 같았다. 아니나 다를까, 자기가 감당할 수 없는 수준에까지 손을 뻗기 시작했고 결국 마음이 지쳤다. 몸이 지치는 것보다 마음이 지치는 게 훨씬 위험하다. 우린 몇 번 얼굴을 붉히게 됐다.

그 친구가 사과했을 때 내가 건넸던 말은 이랬다. "감당할 수 있는 선을 넘어가니까 마음이 지치고, 마음이 지치니까 술을 먹게 되고, 그렇게 실수를 하잖아." 사실 말하면서 알았다. 그 말이 먹히지 않을 거라는 걸. 내가 그런 마음을 가지고 살아갈 때 누가 나한테 그런 이야기를 했더라면 나도 받아들이지 못했을 테니까. 나 역시 모든 걸 다 하겠다고, 큰 가방 하나를 메고 세상을 떠돌던 아이처럼 살았으니까. 삶을 배낭에 담을 수 있을 것 같았다.

경험이 많다는 것만큼 좋은 일은 없다. 어느 시인의 말처럼 경험이 많다는 이유만으로도 세상 사람들은 그 사람을 좋아해 줄 것이다. 하지만 경험이 많다는 것도 두 가지로 나뉜다. 단순히 경험이 많은 것과 경험을 토대로 자신이 할 수 없는 일을 구분하는 것. 운동도 해봤고, 음악도 해봤다. 집안일도 좋아하고, 커피도 오래 내렸고, 글도 써봤다. 작사도 해봤고, 시도 써봤고,

공장에서도 일해봤고, 주유소에서도 일해봤다. 한 페이지를 다 채울 수 있을 정도로 많은 것들을 하면서 내가 할 수 없는 일들을 알게 됐다.

잠깐 대학교에 다녔을 때 친구가 스포츠 승패를 맞추는 게임으로 많은 돈을 벌었던 적이 있다. 옆에서 지켜보던 나도 괜히 혹해서 몇 만 원씩 걸어봤다. 보는 것도 안 좋아하고 하는 것도 안 좋아하는데 축구 경기에 걸었다. 당연히 돈을 잃었다. 그때 이후로 내 인생에서 도박은 사라졌다. 나에게 도박은 길거리 인형뽑기가 전부다. 지금도 누가 주식으로 얼마를 벌었거나 무엇으로 얼마를 벌었다는 이야기가 들릴 때마다 그게 사행성을 띠고 있다면 귀를 기울이지조차 않는다. 나는 그런 식으로 돈을 벌 팔자는 아니라는 걸 알았으니까.

물건을 정리할 때도 그렇다. 누군가는 최대한 보기 깔끔하게 정리를 하지만 나는 손에 잡히기 쉽게 정리한다. 아무리 보기 좋게 정리하더라도 나라는 사람은 다시 잡기 편한 위치로 바꿔놓는다는 것을 알았다. 많은 사람이 행복해지고 싶어 한다. 우선 나를 이해해야 한다. 내가 할 수 있는 것은 무한하다며 나를 믿어주어야 하지만, 할 수 없는 게 있다는 것도 알아야 한다. 행복은 어떤 것을 갖기 위해 노력할 때 얻어지는 게 아니다. 나와 맞지 않는 것을 버리는 것에서부터 시작한다.

얼마나 아름다운 것들이 나를 스쳐 지나갔을까

사람이 해야 할 일은 사람을 믿는 것이다. 사람이
해야 할 일은 사랑을 하는 것이다. 누구나 다 그
럴 수 있다면 좋겠지만 그 두 가지는 가장 상처받
기 쉬운 일이다. 한 친구를 알았다. 생각지도 못
한 인연이었는데 가까워질수록 좋은 사람 같았
다. 적어도 겉으로 보기에는 좋은 사람이었다. 그
가 하는 말을 모두 믿었으니까. 그래서 그가 하는
실수 또한 온갖 이유를 대면서 이해했다.

　한 사람을 사랑했다. 그 사람이 웃는 게 내
가 웃는 거였고 우리가 다툰 날이면 세상 모든

것이 믿게 보였다. 연인 사이에서 지켜야 하는 것을 하나도 지키지 않아도 괜찮았다. 내가 하나를 끝내고 또 하나를 하면 되니까. 밤에 잠 못 드는 것쯤은 괜찮았다. 처음 보는 풍경을 보기 위해서는 멀리 떠나야 하니까.

좋은 사람이라고 생각했던 친구에게서 내가 먼저 등을 돌렸다. 돌아오는 배신감을 감당할 수가 없었다. 사랑을 유지하기 위해서 간절했던 시간도 끝났다. 모든 게 너무 허무해서 한동안은 밖으로 나가지 않았다. 사랑을 믿는 것만큼 멍청한 짓이 없다며 외진 곳에 사랑을 묻었다. 낯선 사람과 가까워질 기회가 오면 금방이라도 뒤를 돌아서 달려갈 수 있도록 오른발을 뒤로 뺐다. 허무해지고 싶지 않았고 아프고 싶지 않아서 선택한 방법이었다. 그렇게 스스로 유배지로 향했다.

조금 어렵겠지만 구분 지을 줄 알아야 한다. 나를 아프게 한 사람하고만 멀어져야 한다. 마음을 얼룩지게 만든 사랑하고만 멀어져야 한다. 한 사람 때문에 다가올 좋은 사람을, 한 사랑 때문에 다가올 사랑을 모두 피하는 일은 하지 말아야 한다. 타인을 위해서 그래야 하는 게 아니다. 사람과 사랑을 믿지 못하는 삶은 내가 너무 괴롭다. 나는 스스로 유배지로 향했던 시절을 아까워하고 있다. 얼마나 아름다운 것들이 나를 스쳐 지나갔을까. 사랑과 사람을 믿었으면 한다. 당신을 위해서.

다시 사랑할 수 있는 사람

동료이자 친한 친구가 사랑을 시작했다. 오래
알고 지내던 사람과 연인이 되었는데 그렇게 보
기 좋을 수가 없다. 카페에서 같이 작업하기로
한 날, 먼저 도착해서 작업을 하고 있는데 어디
서 밝은 기운이 느껴졌다. 돌아보니 그쪽에서
친구가 걸어오고 있었다. 무엇이 달라졌는지는
모르겠지만 라일락 냄새가 났다. 살이 빠진 건
지 머리를 자른 건지, 얼굴이 좋아 보인다고 했
더니 퉁명스러운 말투로 그랬다.

"여자 친구랑 나이 차이가 많이 나잖아. 젊어

보이고 싶어서 요즘 내가 청바지를 다 입는다." 삐쭉 나온 입과
는 다르게 발걸음이 한없이 가벼웠다. 아마 그의 얼굴이 화사
했던 건 청바지 때문이 아니라 마음이 꼭 맞는 옷을 입었기 때
문일 거란 생각을 했다. 이 친구와 가까워지게 된 가장 큰 이유
는 직업이 같기 때문이 아니다. 물론 그 영향도 있지만 빠른 시
간에 성큼 가까워진 건 성향이 비슷한 사람이라서다. 우리 둘
은 사람과 사랑을 대하는 태도가 비슷했다. 싫어하는 것도 비
슷했다. 그것이 우리를 가까워지게 했다.

　　친구가 많이 사랑했던 여자와 이별했을 때 힘들어하는 모
습을 본 적이 있다. 그의 말에 몇 번 호응을 해주고 별다른 위로
를 건네지 않았다. 우리 같은 사람들은 사랑의 상처가 오래 남
는다는 걸, 자신만이 지울 수 있다는 걸 누구보다 잘 알았기 때
문이다. 친구는 주인 잃은 강아지처럼 슬퍼하며 살았다. 같이
걸었던 거리를 혼자 걷기도 했고, 한번 꼭 안아주고 싶을 정도
로 괴로워하며 살았다. 전부를 잃었다는 듯이. 그랬던 그가 이
제 사랑을 시작했다. 그렇게 울었던 사람이 어떻게 새로운 사
랑을 시작할 수 있냐고? 더는 울 수 없을 만큼 울었으니까. 사
랑은 충분히 아파했던 사람만이 다시 시작할 수 있다.

국립중앙도서관 출판예정도서목록(CIP)

우리가 행복해질 시간은 지금이야 / 지은이: 박근호. — 고양 : 위즈덤
하우스, 2018   p. ;   cm

ISBN 979-11-89709-10-5 03810 : ₩13000

수기[글][手記]

818-KDC6
895.785-DDC23   CIP2018039428

우리가
행복해질시간은
지금이야

초판 1쇄 발행 2018년 12월 26일   초판 4쇄 발행 2021년 1월 12일

지은이 박근호
펴낸이 연준혁

출판부문장 이승현
편집 1본부 본부장 배민수
편집 1부서 부서장 한수미
책임편집 박윤
디자인 함지현

펴낸곳 (주)위즈덤하우스   출판등록 2000년 5월 23일 제13-1071호
주소 경기도 고양시 일산동구 정발산로 43-20 센트럴프라자 6층
전화 031)936-4000   팩스 031)903-3891   홈페이지 www.wisdomhouse.co.kr

© 박근호, 2019

값 13,000원
ISBN 979-11-89709-10-5 03810